UM CONTO DE NATAL

Título original: *A Christmas Carol*
copyright da tradução © Editora Lafonte Ltda. 2020
ISBN 978-65-5870-036-4

Todos os direitos reservados.
Nenhuma parte deste livro pode ser reproduzida por quaisquer meios existentes sem autorização por escrito dos editores.

Direção Editorial *Ethel Santaella*

REALIZAÇÃO

GrandeUrsa Comunicação

Direção *Denise Gianoglio*
Tradução *Otavio Albano*
Revisão *Paulo Kaiser*
Capa, Projeto Gráfico e Diagramação *Idée Arte e Comunicação*

Dados Internacionais de Catalogação na Publicação (CIP)
(Câmara Brasileira do Livro, SP, Brasil)

Dickens, Charles, 1812-1870
    Um conto de natal / Charles Dickens ; tradução Otavio Albano. -- 1. ed. -- São Paulo : Lafonte, 2020.

    Título original: A Christmas carol
    ISBN 978-65-5870-036-4

    1. Ficção inglesa 2. Natal - Ficção I. Título.

20-48699   CDD-823

Índices para catálogo sistemático:

1. Ficção : Literatura inglesa   823

Maria Alice Ferreira - Bibliotecária - CRB-8/7964

Editora Lafonte
Av. Profª Ida Kolb, 551, Casa Verde, CEP 02518-000, São Paulo-SP, Brasil – Tel.: (+55) 11 3855-2100
Atendimento ao leitor (+55) 11 3855-2216 / 11 3855-2213 – atendimento@editoralafonte.com.br
Venda de livros avulsos (+55) 11 3855-2216 – vendas@editoralafonte.com.br
Venda de livros no atacado (+55) 11 3855-2275 – atacado@escala.com.br

CHARLES DICKENS

UM CONTO DE NATAL

Tradução
Otavio Albano

Brasil, 2020

Lafonte

SUMÁRIO

CAPÍTULO 1
O FANTASMA DE MARLEY
9

CAPÍTULO 2
O PRIMEIRO DOS TRÊS ESPÍRITOS
41

CAPÍTULO 3
O SEGUNDO DOS TRÊS ESPÍRITOS
69

CAPÍTULO 4
O ÚLTIMO DOS ESPÍRITOS
105

CAPÍTULO 5
O FIM DE TUDO
131

PREFÁCIO

Tentei, com este livrinho sobrenatural, suscitar o Espírito de uma Ideia, e espero que ela não torne meus leitores amargos consigo mesmos, com seus conhecidos, com a época do ano e muito menos comigo. Que ela assombre suas casas de modo agradável, e que ninguém deseje renegá-la.

Seu fiel amigo e criado,
C. D.
Dezembro, 1843.

CAPÍTULO 1

O FANTASMA DE MARLEY

Para começo de conversa: Marley estava morto. Não há nenhuma dúvida a esse respeito. O registro de seu sepultamento foi assinado pelo clérigo, pelo escrivão, pelo agente funerário e pelo encarregado do cortejo. Scrooge também assinou, e seu nome tinha valor tanto na Bolsa quanto em qualquer outra coisa em que ele decidisse se meter. O velho Marley bateu as botas.

Veja bem, não pretendo dizer que saiba, por experiência própria, como um morto bateria suas botas. Estaria mais tentado a dizer que, depois de morto, ninguém conseguiria bater nada, nem mesmo uma bota na outra. Mas a comparação vem da sabedoria de nossos ancestrais; e minhas mãos profanas não devem afligi-la, ou o País estará perdido. Permitam-me, portanto, repetir enfaticamente que Marley bateu as botas.

Scrooge sabia que ele estava morto? Claro que sim. Como poderia ser diferente? Scrooge e ele foram sócios por sabe-se lá quantos anos. Scrooge era o único executor do seu testamento, o único administrador de seus bens, seu único procurador, seu único herdeiro, seu único amigo e o único a chorar sua morte. Mesmo assim, Scrooge não ficou tão abalado pelo triste evento a ponto de esquecer que era um excelente homem de negócios, e acabou tornando a data solene com o fechamento de uma bela barganha.

A menção do funeral de Marley me traz de volta ao ponto de onde comecei. Não há nenhuma dúvida de que Marley estava morto. Isso deve ser claramente entendido ou nada de extraordinário pode resultar da história que estou a ponto de relatar. Se não estivéssemos completamente convencidos de que o Pai de Hamlet morrera antes do início da peça, não haveria nada de excepcional em seu passeio noturno sob o vento do leste em suas próprias muralhas, tanto quanto qualquer outro cavalheiro de meia-idade aparecendo precipitadamente em um local aberto – digamos, por exemplo, o cemitério da catedral de Saint Paul – simplesmente para assombrar a mente fraca de seu filho.

Scrooge nunca mandou apagar o nome do velho Marley. Lá estava ele, anos depois, sobre a porta do armazém. Scrooge & Marley. A empresa era conhecida como Scrooge & Marley. Às vezes, pessoas que tinham acabado de conhecer seu negócio chamavam Scrooge de Scrooge, às vezes de Marley, mas ele respondia a ambos os nomes. Para ele, tanto fazia.

Ah! mas ele era um tremendo sovina, esse Scrooge! Como era mão-fechada, pão-duro, muquirana, tacanho, mesquinho e ganancioso, o velho pecador! Duro e afiado como uma pedra de amolar, do qual nunca se conseguira extrair nenhuma faísca de generosidade; misterioso, fechado e solitário como uma ostra. O frio dentro dele congelou suas velhas feições, mordeu seu nariz pontudo, murchou suas faces, endureceu seu andar; deixou seus olhos vermelhos e azuis seus finos lábios; e falava de forma estridente por meio de sua voz irritante. Uma camada de gelo cobria sua cabeça, suas sobrancelhas e seu queixo duro. Ele sempre carregava consigo sua frieza; ele enregelava o escritório nos dias mais quentes do ano; e, no Natal, não abrandava a temperatura um grau sequer.

O calor e o frio externos tinham pouca influência sobre Scrooge. Nenhum calor podia aquecê-lo e nenhum clima de inverno o esfriava. Nenhum vento soprava de forma mais penetrante que ele, nenhuma neve era mais intensa que sua determinação, nenhuma chuva torrencial menos tolerante às súplicas. O mau tempo não o sensibilizava.

A mais forte chuva, a neve, o granizo e a geada podiam orgulhar-se de ter uma única vantagem sobre ele. Quase sempre, elas "precipitavam-se" lindamente, enquanto Scrooge nunca o fizera.

Ninguém jamais o parava na rua para dizer-lhe: — Meu caro Scrooge, como está você? Quando você virá me visitar? — Nenhum mendigo implorava-lhe nem sequer um vintém, nenhuma criança lhe perguntava as horas, nenhum homem ou mulher – nem uma única vez em toda a sua vida – perguntara-lhe o caminho para esse ou aquele lugar. Até os cães-guia pareciam conhecê-lo e, quando viam-no chegando, puxavam seus donos em direção a portas e pátios, abanando o rabo como se dissessem: — Melhor não ter nenhum olho do que esses olhos malignos, mestre das trevas!

Mas Scrooge por acaso se importava? Era justamente disso que ele gostava. Esgueirar-se à margem dos caminhos povoados desta vida, advertindo toda a simpatia dos homens para manter-se distante – era por isso que quem conhecia Scrooge chamava-o de "maluco".

Certa vez – de todos os bons dias do ano, justamente na véspera de Natal – o velho Scrooge encontrava-se sentado em seu escritório, ocupado como sempre. Fazia um frio cortante e sombrio, tomado pela neblina, e ele podia ouvir as pessoas no pátio do lado de fora, ofegando para todo lado, batendo as mãos no peito e pisando forte no calçamento para tentar aquecer-se. Os relógios da cidade tinham acabado de bater três da tarde, mas já estava bastante escuro – o dia todo careceu de luz – e as chamas das velas brilhavam nas janelas dos escritórios vizinhos, como manchas avermelhadas no evidente ar poluído. A névoa entrava por cada fresta e buraco de fechadura e era tão densa que, mesmo nos pátios mais estreitos, as casas da frente não passavam de espectros. Ao ver a lúgubre nuvem cair, obscurecendo tudo, podia-se pensar que a Natureza enlouquecera e tramava algo grandioso.

A porta do escritório de Scrooge estava aberta para que ele pudesse ficar de olho no seu escriturário que, em um deprimente cubículo ao lado – uma espécie de aquário –, copiava cartas. Scrooge mantinha o fogo da lareira bastante diminuto, mas o do escriturário era tão menor que parecia conter apenas um carvão. Mesmo assim, ele não podia reabastecê-lo, pois Scrooge mantinha a caixa de carvão na sua própria sala; e, caso o funcionário entrasse com a pá para fazê-lo, certamente o patrão acharia por bem demiti-lo. Por isso, o escriturário enrolava-se na sua manta branca e tentava aquecer-se com a chama da vela; cujos esforços – já que lhe faltava imaginação – não eram bem-sucedidos.

— Um feliz Natal, tio! Que Deus o guarde! — exclamou uma voz animada. Era a voz do sobrinho de Scrooge, que se aproximara tão rapidamente que essa foi a primeira indicação que ele teve de sua chegada.

— Rá! — disse Scrooge — Que bobagem!

Ele tinha se aquecido de tal forma com uma caminhada rápida em meio à névoa e à geada, este sobrinho de Scrooge, que brilhava completamente; o rosto ruborizado e bonito; seus olhos acesos e sua respiração voltava a fumegar.

— O Natal, uma bobagem, tio? — disse o sobrinho de Scrooge. — O senhor não fala a sério, não é?

— Falo, sim — disse Scrooge. — Feliz Natal! Que direito tem você para estar feliz? Que razões tem para estar feliz? Sendo pobre do jeito que é!

— Ora, então — respondeu o sobrinho alegremente. — Que direito tem o senhor para estar deprimido? Que razões tem para tanta tristeza? Sendo rico do jeito que é!

Scrooge, não tendo uma resposta melhor no calor do momento, disse: — Rá! — novamente; seguido de: — Que bobagem!

— Não fique bravo, tio! — disse o sobrinho.

— O que mais posso fazer — respondeu o tio — se vivo em um mundo de tolos como esse? Feliz Natal! Às favas esse Feliz Natal! O que é a época de Natal além de um período para pagar contas sem ter dinheiro; um tempo para se descobrir um ano mais velho e não uma hora mais rico; a hora de fechar seus livros de contabilidade e ver que cada item neles só lhe trouxe prejuízo durante uma dúzia de meses? Se minha vontade fosse feita — disse Scrooge indignado — todo idiota que anda por aí com um "Feliz Natal" nos lábios deveria ser fervido em seu próprio pudim e enterrado com um ramo de azevinho[1] atravessado no coração. Isso sim!

— Tio! — implorou o sobrinho.

— Sobrinho! — retrucou o tio, áspero —, celebre o Natal à sua maneira e deixe-me celebrar o meu como eu quiser.

— Celebrar! — repetiu o sobrinho de Scrooge — Mas o senhor não o celebra de modo nenhum.

— Deixe-me passá-lo em paz, então — disse Scrooge. — E que você lhe tire bom proveito! Como sempre o fez!

— Ouso dizer que há várias coisas que, mesmo sem lhes tirar nenhum proveito, me trouxeram bons resultados — replicou o sobrinho. — E o Natal está entre elas. Mas tenho certeza de que sempre que a época do Natal se aproxima, considero-a - além da devoção própria às suas origens e nome sagrados, se é que se pode separar uma coisa da outra - como um tempo de bondade; um tempo agradável, caridoso, misericordioso e gentil; a única época que conheço, no longo calendário do ano, em que homens e mulheres parecem abrir seus corações fechados de forma consensual e livre, e pensar nas pessoas abaixo delas como se fossem realmente seus companheiros de viagem para a sepultura, e não uma raça distinta de criaturas, destinada a outras jornadas. E, portanto, tio, embora o Natal

---

1 Pudim de Natal (espécie de panetone) e azevinho (arbusto de folhas persistentes - que não secam no inverno) são símbolos típicos do Natal inglês. (N. do T.)

nunca tenha colocado um pedacinho de ouro ou prata no meu bolso, acredito que me faz e fará bem; e digo mais, que Deus abençoe o Natal!

O escriturário no aquário, sem querer, aplaudiu. Percebendo imediatamente sua inconveniência, atiçou o fogo e extinguiu a última frágil centelha para sempre.

— Deixe-me ouvir mais um pio seu — disse Scrooge — e você vai manter seu Natal e perder seu emprego! Você é um poderoso orador, meu senhor — acrescentou, virando-se para o sobrinho. — Pergunto-me por que não se candidata ao Parlamento.

— Não fique nervoso, tio. Deixe disso! Venha cear conosco amanhã.

Scrooge disse que preferiria ir para o... Sim, é o que fez realmente. Proferiu a expressão completa, dizendo que preferia ir para o inferno do que cear com ele.

— Mas por quê? — exclamou o sobrinho de Scrooge. — Por quê?

— Por que você se casou? — disse Scrooge.

— Porque me apaixonei.

— Porque se apaixonou! — rosnou Scrooge, como se aquilo fosse a única coisa mais ridícula que um feliz Natal. — Boa tarde!

— Mas, tio, o senhor nunca veio me ver antes do meu casamento. Por que agora usa isso como desculpa para não vir nos visitar?

— Boa tarde — disse Scrooge.

— Não quero nada do senhor; não peço nada do senhor; por que não podemos ser amigos?

— Boa tarde — disse Scrooge.

— Sinto muito, do fundo do coração, em encontrá-lo tão decidido. Nunca tivemos uma discussão, da qual eu fosse o culpado. Tentei uma aproximação por causa do Natal e vou manter meu espírito natalino até o fim. Então, Feliz Natal, tio!

— Boa tarde — disse Scrooge.

— E um Feliz Ano Novo!

— Boa tarde — disse Scrooge.

Seu sobrinho deixou a sala sem nenhuma palavra de raiva, apesar de tudo. Parou à porta da entrada para desejar boas-festas ao escriturário que, apesar de estar morrendo de frio, ainda era mais caloroso que Scrooge, retribuindo-lhe cordialmente os mesmos votos.

— Lá vai outro maluco — murmurou Scrooge, que os ouvira —, meu funcionário, que ganha quinze xelins por semana e tem esposa e família para sustentar, falando em feliz Natal. Vou acabar em um hospício.

Esse tal lunático, ao abrir a porta para o sobrinho de Scrooge sair, deixara entrar duas outras pessoas. Eram dois cavalheiros corpulentos de boa aparência que, agora, aguardavam no escritório de Scrooge, com seus chapéus nas mãos. Seguravam livros e papéis e fizeram-lhe uma reverência.

— Essa é a firma Scrooge & Marley, eu presumo — disse um dos cavalheiros, consultando sua lista. — Tenho o prazer de falar com o Sr. Scrooge ou com o Sr. Marley?

— O Sr. Marley está morto há sete anos — respondeu Scrooge. — Morreu sete anos atrás, nesta mesma noite.

— Não temos dúvida de que sua generosidade está muito bem representada pelo sócio que sobreviveu — disse o cavalheiro, apresentando-lhe suas credenciais.

Com certeza o fora, já que ambos eram praticamente almas gêmeas. Ao ouvir a ameaçadora palavra "generosidade", Scrooge amarrou a cara, balançou a cabeça e devolveu as credenciais ao homem.

— Nessa época de festividades, Sr. Scrooge — disse o cavalheiro, pegando uma caneta —, faz-se ainda mais recomendável que tomemos providências em relação aos pobres e necessitados, que sofrem muitíssimo atualmente. Milhares de pessoas precisam do mínimo para viver; centenas de milhares vivem sem o menor conforto, meu senhor.

— Não há prisões? — perguntou Scrooge.

— Inúmeras prisões — disse o cavalheiro, pousando novamente a caneta.

— E as Casas de Detenção?[2] — perguntou Scrooge. — Ainda estão em operação?

— Ainda estão — respondeu o cavalheiro. — Gostaria de dizer o contrário.

....

2 No original, *Union Workhouses*. Tais casas eram abrigos para os pobres que funcionavam como prisões, já que todo aquele sem um endereço fixo era obrigado a ali permanecer e executar trabalhos forçados. (N. do T.)

— As Leis do Moinho e dos Pobres[3] continuam em vigor, então? — disse Scrooge.

— A pleno vapor, meu senhor.

— Ah! Tive medo, pelo que me dissera a princípio, de que algo tivesse ocorrido para impedi-los de continuar com seu funcionamento tão útil — disse Scrooge. — Fico muito feliz em ouvi-lo.

— Por estarmos convencidos de que tais instituições dificilmente proporcionam à mente e ao corpo dessas pessoas um alento Cristão — retrucou o cavalheiro —, alguns de nós têm se esforçado para levantar fundos para comprar um pouco de carne e bebida para os Pobres, além de meios para que se aqueçam. Escolhemos esta época por ser um tempo, entre todos os outros, em que as necessidades são profundamente sentidas e muitos se regozijam na abundância. Com quanto o senhor gostaria de colaborar?

— Nada! — Scrooge respondeu.

— Gostaria de manter-se anônimo?

— Gostaria de ser deixado em paz — disse Scrooge. — Já que os senhores me perguntam o que eu gostaria, cavalheiros,

---

3 Essas leis estipulavam que todo sem-teto era obrigado a permanecer nas *workhouses* (*Poor Law*, a "Lei do Pobre") e executar trabalhos forçados, que consistiam em caminhar sobre as pás de um moinho durante horas seguidas (*Treadmill Law*, literalmente "Lei do Moinho"). Ambas continuaram em vigor durante grande parte da era vitoriana. (N. do T.)

esta é a minha resposta. Eu mesmo não fico feliz no Natal e não posso me dar ao luxo de tornar feliz um bando de desocupados. Contribuo para o sustento das instituições que mencionei – e elas custam o bastante; e aqueles que estão com necessidades devem dirigir-se para lá.

— Muitos não podem fazê-lo; e muitos preferem a morte.

— Se preferem a morte — disse Scrooge —, deveriam morrer, e diminuir o excedente de população. Além disso – perdoem-me –, não tenho nenhum interesse pelo assunto.

— Pois deveria ter — observou o cavalheiro.

— Não é da minha conta — Scrooge replicou. — Já é o bastante para um homem ocupar-se de seu próprio negócio, e não interferir nos negócios alheios. Meu trabalho ocupa todo o meu tempo. Boa tarde, cavalheiros.

Percebendo claramente que seria inútil tentar convencê-lo, os cavalheiros retiraram-se. Scrooge retomou seu trabalho, sentindo-se muito satisfeito consigo mesmo e com um humor muito melhor que seu usual.

Enquanto isso, a névoa e a escuridão aumentaram tanto que certas pessoas perambulavam com tochas flamejantes, oferecendo seus serviços para irem à frente dos cavalos das carruagens, conduzindo-os pelo caminho. A velha torre de uma igreja, cujo sino antigo e rouco sempre piava sorrateiramente para Scrooge, do alto de um vitral gótico, tornou-se invisível e dava as horas e quartos de horas no meio das nuvens, seguido de vibrações trêmulas, como se seus dentes batessem em sua cabeça congelada lá em cima. O frio intensificou-se. Na rua principal, na esquina do pátio, alguns trabalhadores que consertavam os canos do gás acenderam uma grande fogueira sobre um braseiro, em torno da qual se reuniu um grupo de homens e meninos maltrapilhos, aquecendo as mãos e piscando os olhos em êxtase diante das chamas. A bica pública jazia abandonada, com a água que transbordara soturnamente congelada, reduzida a solitários pedaços de gelo. A claridade das lojas, onde ramos de azevinho e frutinhas da época crepitavam com o calor das lamparinas nas vitrines, corava os rostos pálidos dos transeuntes. As mercearias e avícolas pareciam uma fascinante anedota, um glorioso desfile, onde era quase impossível acreditar que noções tão enfadonhas quanto compra e venda lhes guardassem qualquer relação. O prefeito, no bastião da poderosa Prefeitura, deu ordens aos seus cinquenta cozinheiros e mordomos para celebrar o Natal como era apropriado à família de um prefeito; e até mesmo o reles alfaiate, a quem ele multara em cinco xelins na segunda-feira anterior por andar bêbado, procurando briga na rua, preparava o pudim de Natal no seu casebre, enquanto a esposa magricela e o bebê saíam para comprar a carne.

E ainda mais névoa, ainda mais frio. Um frio penetrante, cortante e pungente. Se o bom São Dunstano[4] tivesse apenas beliscado o nariz do Espírito Maligno com um leve toque de um clima como este, em vez de usar suas armas familiares, então

---

4   São Dunstano (909-988) foi arcebispo da Cantuária (primaz da Igreja Anglicana). Canonizado depois de morto, foi também o santo mais popular na Inglaterra por séculos, principalmente por causa das histórias sobre sua grandeza, em especial as que contam sobre sua famosa astúcia em derrotar o diabo, que urrava em retirada, episódio a que o autor se refere. (N. do T.)

de fato o demônio teria fortes razões para urrar. O dono de um jovem e diminuto nariz, corroído e ruminado pelo faminto frio como ossos roídos por cães, parou à porta de Scrooge para presenteá-lo com uma canção de Natal. Mas, aos primeiros sons de

Deus o abençoe, feliz cavalheiro!
Que nada o entristeça!

Scrooge agarrou sua régua com tanta fúria que o cantor fugiu apavorado, deixando a porta entregue à névoa e ao muito mais amigável frio.

Por fim, a hora de fechar o escritório chegou. De má vontade, Scrooge desceu de sua banqueta e, silenciosamente, preveniu o ansioso escriturário em seu aquário, que rapidamente apagou sua vela e botou o chapéu na cabeça.

— Amanhã você vai querer o dia todo de folga, suponho — disse Scrooge.

— Se lhe for conveniente, meu senhor.

— Não é conveniente — disse Scrooge — e não é justo. Se eu descontasse meia coroa do seu salário por isso, você se sentiria ultrajado, eu presumo.

O funcionário sorriu ligeiramente.

— E, ainda assim — disse Scrooge —, você não acredita que eu me sinta ultrajado por pagar o salário de um dia em que não trabalhou.

O funcionário observou que era apenas uma vez por ano.

— Uma desculpa esfarrapada para meter a mão no bolso

de um homem todo dia 25 de dezembro! — disse Scrooge, abotoando seu sobretudo até o queixo. — Mas suponho que você possa ter o dia todo de folga. Esteja aqui ainda mais cedo no dia seguinte.

O escriturário prometeu fazê-lo e Scrooge saiu resmungando. O escritório foi fechado em um piscar de olhos e o funcionário, com as longas pontas de sua manta branca balançando abaixo da cintura (pois ele não podia ostentar um sobretudo), correu, deslizando pela rua Cornhill[5], logo atrás de um grupo de garotos – algo que acabou repetindo vinte vezes, em comemoração à véspera de Natal – e depois dirigiu-se à sua casa, em Camden Town[6], o mais rápido que pôde para brincar de cabra-cega com os filhos.

Scrooge comeu sua refeição melancólica na melancólica taverna de hábito e, depois de ler todos os jornais e alegrar o resto do fim de tarde examinando sua conta bancária, foi para casa dormir. Ele ocupava os aposentos que tinham pertencido ao seu falecido sócio. Tratava-se de um conjunto lúgubre de salas em um prédio escuro ao fundo de um pátio, parecendo tão fora do lugar que não era difícil imaginar que o prédio tivesse corrido até ali quando ainda era uma jovem casa, brincando de esconde-esconde com as outras, e esquecido o caminho de volta. Agora já estava bastante velho e triste, pois ninguém mais morava nele além de Scrooge, e as outras salas eram alugadas para

....

5   Cornhill é uma das principais ruas do centro histórico de Londres, onde se localiza a Bolsa de Valores. (N. do T.)

6   Um dos distritos da cidade de Londres. (N. do T.)

escritórios. O pátio era tão escuro que até mesmo Scrooge, que conhecia cada uma de suas pedras, via-se obrigado a tatear pelo caminho. A névoa e o gelo acumulavam-se de tal maneira sobre o velho portão negro do prédio que parecia que o Guardião das Estações sentara-se à porta em algum tipo de meditação fúnebre.

Agora, digamos a verdade, não havia nada de especial na aldrava da porta, a não ser seu tamanho generoso. Também é verdade que Scrooge a tinha visto, dia e noite, durante toda a sua permanência naquele lugar; além disso, Scrooge tinha tão pouco daquilo que chamam de imaginação quanto qualquer outro homem no centro financeiro de Londres, incluindo até mesmo – o que não é pouca coisa – as autoridades, os vereadores e os cavalariços. Deve-se também levar em conta que Scrooge não havia pensado em Marley desde que mencionara, naquela mesma tarde, a morte do sócio, sete anos atrás. Então, que qualquer homem me explique, se puder, como aconteceu que Scrooge, tendo colocado a chave na fechadura, viu no lugar da aldrava – sem nenhuma alteração intermediária anterior – o rosto de Marley.

O rosto de Marley. Ele não estava na sombra impenetrável como os outros objetos do pátio, mas era iluminado por uma luz fraca, como uma lagosta estragada em um porão escuro. Não aparentava estar furioso nem irritado, mas olhava para Scrooge como Marley sempre o fizera: com óculos fantasmagóricos apoiados em sua testa fantasmagórica. Os cabelos balançavam curiosamente, como se movidos por uma brisa ou um sopro de ar quente; e, apesar de os olhos estarem arregalados, estavam perfeitamente imóveis. Tudo isso e sua cor pálida tornavam-no medonho; mas o horror parecia não ter relação com seu rosto ou ser parte de sua expressão, estando além doseu controle.

E, enquanto Scrooge fitava atentamente tal manifestação, ela voltou a ser uma aldrava.

Dizer que ele não se assustara, ou que seu ânimo nunca vivenciara tão terrível sensação desde a infância, seria uma mentira. Ainda assim, pôs a mão na chave que havia soltado, girou-a com determinação, entrou e acendeu sua vela.

Em um momento de indecisão, chegou a parar antes de fechar a porta, olhando por detrás dela cautelosamente, à espera de ser aterrorizado pela visão do rabicho de Marley no fundo do saguão. Mas não havia nada atrás da porta, além dos parafusos e porcas que prendiam a tranca, então ele gritou — Xô! Xô! — e fechou-a com um estrondo.

O som ecoou pela casa como um trovão. Cada quarto no andar de cima e cada tonel na adega do comerciante de vinhos logo abaixo pareciam reverberar sua própria série de ecos isolados. Mas Scrooge não era homem que se assustasse com ecos. Ele trancou a porta, atravessou o saguão e subiu as escadas lentamente, amparando a chama da vela ao caminhar.

Pode-se fazer piada à vontade sobre conduzir uma carruagem de seis cavalos escada acima ou através de uma péssima lei do Parlamento[7]; mas, nesse caso, a escadaria era tão larga

---

7   A frase original (*You may talk vaguely about driving a coach-and-six up a good old flight of stairs, or through a bad young Act of Parliament*) faz referência a uma célebre frase de Sir Stephen Rice (1637-1715), juiz irlandês que afirmou que as leis do Parlamento Britânico eram tão passíveis de brechas que uma carruagem de cavalos poderia passar através de suas falhas. Apesar de não haver equivalente em português, optou-se por manter a referência. (N. do T.)

que daria para carregar um carro funerário com facilidade – mesmo de atravessado –, com o balancim[8] para a parede e a traseira para o corrimão. Havia espaço suficiente para isso, e com sobra; e talvez tenha sido por isso que Scrooge tenha visto um carro fúnebre subindo à sua frente, na penumbra. Meia dúzia de lampiões de gás no meio da rua não teria iluminado a entrada com tanta eficiência, daí pode-se supor que, mesmo com a diminuta vela de Scrooge, a escuridão ainda era grande.

Sem se importar nem um pouco com isso, Scrooge continuou a subir. A escuridão não custava nada, e Scrooge gostava disso. Mas, antes de fechar a pesada porta, passou por todos os cômodos para ver se tudo estava em ordem. Desejava fazê-lo por ainda continuar com a imagem do rosto bem viva na memória.

Sala de estar, quarto, depósito. Tudo no lugar. Ninguém sob a mesa, ninguém embaixo do sofá; um fogo fraco na lareira; colher e tigela a postos; e uma panelinha de mingau (Scrooge estava resfriado) no fogão. Ninguém sob a cama; ninguém no armário; ninguém no seu camisolão, que se encontrava pendurado em uma posição suspeita contra a parede. O depósito estava como sempre esteve. A velha grelha da lareira, os velhos sapatos, dois cestos de peixes, o lavatório de três pés e um atiçador de brasas.

Muito satisfeito, ele fechou a porta e trancou-a; trancou-a com duas travas, o que não era seu costume. Assim, protegido contra qualquer surpresa, tirou a gravata; colocou o camisolão

---

8 Parte móvel de uma carroça de tração animal. (N. do T.)

e os chinelos, além da touca de dormir; e sentou-se diante do fogo para tomar seu mingau.

Era realmente um fogo fraco demais; praticamente insignificante em uma noite tão fria. Foi obrigado a sentar-se bem perto e encolher-se sobre ele para poder extrair qualquer sensação de calor daquele punhado de brasas. A lareira era antiga, construída por algum mercador holandês havia muito tempo, toda decorada por curiosos azulejos com ilustrações das Escrituras. Viam-se neles Caim e Abel, as filhas do Faraó, a rainha de Sabá, mensageiros angelicais descendo do céu sobre nuvens parecidas com colchões de penas, Abraão, Baltazar, Apóstolos adentrando o mar em barquinhos, centenas de imagens para distraí-lo; mesmo assim o rosto de Marley, morto há sete anos, sobreveio como o cajado do Profeta, engolindo todo o resto. Se cada azulejo fosse inicialmente branco, com a capacidade de formar qualquer tipo de imagem em sua superfície a partir dos pensamentos incoerentes e fragmentados de Scrooge, haveria em cada um deles uma cópia da cabeça do velho Marley.

— Que bobagem! — disse Scrooge, atravessando a sala.

Depois de dar muitas voltas pelo cômodo, sentou-se novamente. Ao recostar a cabeça na poltrona, pousou o olhar em uma sineta, uma velha sineta sem uso pendurada na parede e que servira para a comunicação – por algum motivo já esquecido – com um aposento no último andar do prédio. Foi com imensa surpresa e com um estranho e inexplicável pânico que, ao olhar para a sineta, viu-a começando a agitar-se. A princípio, movia-se tão levemente que mal se fazia ouvir; mas logo começou a tocar com toda a força, juntamente com todas as outras sinetas da casa.

Tudo isso deve ter durado meio minuto, ou mesmo um, mas pareceu uma hora. As campainhas cessaram assim como haviam começado, todas ao mesmo tempo. Seguiu-se um ruído de metal, lá embaixo; era como se uma pessoa arrastasse uma pesada corrente sobre os tonéis da adega do comerciante de vinhos no porão. Scrooge lembrou-se então de ter ouvido falar que fantasmas em casas mal-assombradas arrastavam correntes.

A porta do porão abriu com um estrondo e ele começou a ouvir o ruído cada vez mais alto nos andares de baixo; então, o barulho subiu as escadas; vindo depois em direção à porta.

— Continua sendo uma bobagem! — disse Scrooge. — Recuso-me a acreditar.

No entanto sua cor mudou quando, sem parar nem por um instante, o barulho atravessou a pesada porta e entrou na sala, bem diante de seus olhos. Assim que entrou, a chama quase extinta reacendeu com um salto, como se gritasse — Eu o conheço, é o fantasma de Marley! — e minguou novamente.

O mesmo rosto: exatamente o mesmo rosto. Marley com seu rabicho, o colete habitual, as calças justas e as botas de sempre; os cordões da roupa, o rabicho, as abas do casaco e os cabelos no alto da cabeça estavam todos eriçados. A corrente que ele arrastava estava presa à sua cintura. Era longa e enrolava-se no seu corpo como uma cauda; era feita (Scrooge analisou-a de perto) de cofres, chaves, cadeados, livros-caixa, escrituras e pesadas bolsas, tudo de metal. Seu corpo era transparente; ao observá-lo, Scrooge podia ver através do colete os dois botões do casaco logo atrás.

Scrooge ouvira inúmeras vezes que seu sócio era um homem sem coração, mas não acreditara até então.

Tampouco acreditaria agora. Embora visse o fantasma perfeitamente, em pé à sua frente; embora sentisse a atuação assustadora de seus olhos frios como a morte; e notasse até mesmo a textura do lenço amarrado em sua cabeça e queixo, em cujo tecido ele não havia reparado antes; ainda continuava incrédulo e lutava contra seus próprios sentidos.

— E essa agora! — disse Scrooge, sarcástico e frio como sempre. — O que você quer de mim?

— Muitas coisas! — era a voz de Marley, não havia dúvida.

— Quem é você?

— Pergunte-me quem eu era.

— Quem era você, então? — disse Scrooge, levantando a voz. — Você é um fantasma muito específico. — Ia dizer "uma sombra", mas achou "fantasma" mais apropriado.

— Durante a vida fui seu sócio, Jacob Marley.

— Você pode... pode sentar-se? — perguntou Scrooge, olhando-o desconfiado.

— Posso.

— Sente-se, então.

Scrooge fez tal pergunta por não saber se um fantasma tão transparente teria condições de sentar-se em uma cadeira; e sentia que, caso fosse impossível, poderia envolver a necessidade de algum tipo de explicação embaraçosa. Mas o fantasma sentou-se do outro lado da lareira, como se estivesse acostumado a fazê-lo.

— Você não acredita em mim — comentou o Fantasma.

— Não acredito — disse Scrooge.

— Que provas você quer da minha existência além daquela que seus sentidos já lhe deram?

— Não sei — respondeu Scrooge.

— Por que você duvida de seus próprios sentidos?

— Porque — disse Scrooge — qualquer coisinha os afeta. A mínima indisposição estomacal os torna traiçoeiros. Você pode ser a consequência de um bocado de bife maldigerido, uma mancha de mostarda, um naco de queijo ou um pedaço de batata malcozido. Há mais molho que morte em você, o que quer que seja!

Scrooge não era muito de fazer piadas, nem tampouco se sentia – do fundo do seu coração – muito brincalhão naquele momento. A verdade é que tentava mostrar-se engraçado para desviar sua própria atenção e diminuir seu terror, pois a voz do espectro apavorava-o até a medula dos ossos.

Scrooge pressentia que ficar ali sentado olhando para aqueles olhos fixos entorpecidos, em silêncio por uns momentos, não lhe traria boa coisa. Havia algo hediondo na aparição, algo com uma aura infernal própria. Scrooge não conseguia senti-lo, mas era claramente o caso, já que o Fantasma sentava-se completamente imóvel, enquanto seus cabelos, vestes e cordões agitavam-se como se o vapor de um forno lhes sacudisse.

— Está vendo este palito de dentes? — perguntou Scrooge, tomando o comando da situação pelas razões acima citadas, esperando desviar de si o olhar petrificado daquela visão, nem que fosse por um segundo.

— Sim — respondeu o Fantasma.

— Você não está olhando para ele — disse Scrooge.

— Mesmo assim — disse o Fantasma —, estou vendo.

— Já chega! — retrucou Scrooge. — Não tenho que engolir isso, nem sequer passar o resto de meus dias sendo perseguido por uma legião de duendes que eu mesmo criei. Bobagem, estou lhe dizendo! Que grande bobagem!

Nesse momento o espírito deu um grito horripilante e sacudiu suas correntes, fazendo um barulho tão tétrico e estarrecedor que Scrooge, para não desmaiar, agarrou-se à cadeira com todas as forças. Mas seu horror aumentou ainda mais quando o Fantasma, retirando a atadura ao redor da cabeça – como se estivesse quente demais para usá-la dentro da casa – fez com que seu maxilar caísse até o peito!

Scrooge caiu de joelhos e cobriu o rosto com as mãos.

— Piedade! — disse ele. — Horripilante aparição, por que me atormentas?

— Homem de mente mundana! — respondeu o Fantasma. — Você acredita em mim ou não?

— Acredito — disse Scrooge. — Como não acreditaria? Mas por que os espíritos marcham sobre a Terra, e por que vêm até mim?

— Exige-se de todo homem — o Fantasma respondeu

— que o espírito que o habita ande por entre seus semelhantes, viajando a lugares longínquos; se o espírito não evoluir durante a vida, está fadado a fazê-lo depois de sua morte. Ele é condenado a vagar pelo mundo – ah, ai de mim! – e testemunhar coisas das quais não pode mais participar, devendo tê-lo feito enquanto estava na Terra, buscando a própria felicidade.

Mais uma vez o espectro soltou um grito, balançou suas correntes e torceu suas mãos sombrias.

— Você está acorrentado — disse Scrooge, tremendo. — Por quê?

— Tenho que usar as correntes que criei em vida — retrucou o Fantasma. — Forjei cada elo que as compõe, cada centímetro; enroscando-as em mim e arrastando-as por todo lado por escolha própria. Não reconhece seu padrão?

Scrooge tremia cada vez mais.

— Não consegue identificar — continuou o Fantasma — o peso e o comprimento da corrente que você mesmo carrega? Há sete Natais, ela era tão pesada e longa quanto a que eu levo comigo. Desde então, você tem trabalhado bastante nela. Já está uma corrente bastante encorpada!

Scrooge olhou para o chão ao seu redor, à espera de encontrar-se rodeado por mais de cem, duzentos metros de correntes de ferro, mas não conseguia ver nada.

— Jacob — disse ele, implorando. — Conte-me mais, velho Jacob Marley. Traga-me um pouco de consolo, Jacob!

— Não tenho nenhum para oferecer-lhe — o Fantasma retrucou. — O consolo vem de outro lugar, Ebenezer Scrooge, e é concedido por outros mensageiros, a outros tipos de homem. Nem sequer posso dizer-lhe o que gostaria. Muito pouco me é permitido. Não posso descansar, não posso permanecer, não posso demorar-me em lugar nenhum. Meu espírito nunca foi além de nosso escritório – preste atenção! – em vida, meu espírito nunca ultrapassou os limites de nossa caixa registradora; agora, exaustivas viagens me esperam!

Scrooge tinha o costume de colocar as mãos nos bolsos das calças sempre que começava a refletir. Pensando no que o Fantasma lhe dissera, fez o mesmo gesto, mas sem levantar o olhar ou levantar-se.

— Você deve ter viajado bem devagar, Jacob — observou Scrooge, com um ar de quem trata de negócios, ainda que de forma humilde e respeitosa.

— Devagar? — o Fantasma repetiu.

— Há sete anos morto — murmurou Scrooge — e viajando sem parar!

— Durante todo o tempo. Sem descanso, sem paz. Tomado por um remorso incessante e aflitivo.

— E viaja depressa? — perguntou Scrooge.

— Nas asas do vento — respondeu o Fantasma.

— Poderia ter percorrido uma boa distância em sete anos — disse Scrooge.

O Fantasma, ao ouvir isso, soltou outro grito e agitou as correntes de maneira tão pavorosa no absoluto silêncio da noite que o Distrito teria toda razão em indiciá-lo por perturbação pública.

— Ah! Cativo, subjugado, com as mãos e os pés atados — gritou o fantasma — sem saber que, para que se torne realidade todo o bem a que a Terra é suscetível, séculos do trabalho incessante das criaturas eternas deverão passar à imortalidade. Sem saber que qualquer espírito Cristão operando com caridade em seu pequeno ambiente, seja ele qual for, descobrirá que sua vida mortal é curta demais para suas vastas possibilidades de serventia. Sem saber que nenhum arrependimento compensará as oportunidades perdidas na vida! No entanto, eu era assim! Ah! Exatamente assim!

— Mas você sempre foi um bom homem de negócios, Jacob — gaguejou Scrooge, tentando aplicar a si mesmo tais palavras.

— Negócios! — gritou o Fantasma, contorcendo uma vez mais suas mãos. — A humanidade era meu negócio. O bem-estar de todos era meu negócio; a caridade, a misericórdia, a indulgência e a bondade eram, todos, meu negócio. Os assuntos do meu ramo profissional eram apenas uma gota d'água no abrangente oceano de meus negócios!

Ele levantou as correntes em frente ao corpo, como se elas fossem a causa de seu sofrimento em vão, deixando-as cair pesadamente no chão uma vez mais.

— Nessa época do ano — o espectro disse — é quando mais sofro. Por que caminhei por entre as multidões com meus olhos abaixados, sem nunca levantá-los para admirar aquela abençoada Estrela, que guiou os Reis Magos até a humilde morada? Como se não houvesse pobres lares até os quais sua luz pudesse me guiar!

Scrooge perturbara-se ao ouvir o espectro lamentando-se de tal forma e começou a tremer descontroladamente.

— Ouça-me! — exclamou o Fantasma — Meu tempo está terminando.

— Estou ouvindo — disse Scrooge — mas não seja tão duro comigo! Não fale de forma tão rebuscada, Jacob! Por favor!

— Não sei dizer como apareci diante de você de uma forma que pudesse me ver. Estive sentado ao seu lado, invisível, por muitos e muitos dias.

Não era muito agradável ouvir aquilo. Scrooge estremeceu e limpou o suor de sua testa.

— Esta não é a parte mais branda de minha penitência — prosseguiu o Fantasma. — Estou aqui esta noite para prevenir-lhe de que você ainda tem uma oportunidade de escapar de um destino igual ao meu. Uma oportunidade que consegui para você, Ebenezer.

— Você sempre foi um bom amigo para mim — disse Scrooge. — Muito obrigado!

— Você receberá a visita — retomou o Fantasma — de Três Espíritos.

O queixo de Scrooge caiu quase tanto quanto o do Fantasma havia caído.

— É essa a oportunidade que você mencionou, Jacob? — perguntou ele, titubeando.

— Essa mesma.

— A... acho que prefiro passar sem ela — disse Scrooge.

— Sem a visita deles — disse o Fantasma —, você não

tem esperanças de fugir do caminho que tenho trilhado. Espere a primeira visita amanhã, quando o sino bater uma hora.

— Não poderia receber os três de uma vez e acabar logo com isso, Jacob? — sugeriu Scrooge.

— Espere o segundo na noite seguinte, à mesma hora. O terceiro, na próxima noite, quando a última badalada da meia-noite parar de vibrar. Não espere me ver novamente; e lembre-se, para seu próprio bem, do que aconteceu entre nós.

Ao dizer isso, o espectro pegou o próprio lenço da mesa e amarrou-o novamente em volta da cabeça. Scrooge percebeu que suas mandíbulas estavam mais uma vez ligadas pela bandagem ao ouvir o som abrupto que os dentes do fantasma fizeram. Só então arriscou erguer os olhos, deparando-se com seu visitante sobrenatural a encará-lo, ereto, com as correntes enroladas ao redor do braço.

A aparição andou para trás, afastando-se dele; e a cada passo que dava, a janela se abria um pouco mais, de modo que, ao alcançá-la, já estava completamente aberta.

Acenou então para Scrooge, pedindo-lhe que se aproximasse, e ele obedeceu. Quando estavam a dois passos de distância, o Fantasma de Marley ergueu novamente a mão, prevenindo-o para não se aproximar mais. Scrooge parou.

Nem tanto por obediência, mas por surpresa e medo: pois, assim que o fantasma ergueu a mão, Scrooge percebeu uma série de ruídos desconexos no ar; sons dissonantes de lamento e pesar; gemidos indescritíveis cheios de sofrimento e remorso. Depois de escutar por alguns instantes, o espectro juntou-se à melodia fúnebre e flutuou para a noite escura e nefasta.

Scrooge correu em direção à janela e olhou para fora com uma curiosidade exacerbada.

O ar estava repleto de fantasmas, vagando esbaforidos para todo lado, e gemendo sem parar. Carregavam correntes como as do Fantasma de Marley; alguns dentre eles (poderiam ser políticos cheios de culpas) estavam acorrentados juntos; nenhum deles estava solto. Muitos foram conhecidos de Scrooge quando vivos. Reconhecera principalmente um velho fantasma em um colete branco, com um enorme cofre de ferro preso ao tornozelo, que gritava miseravelmente por não conseguir ajudar uma pobre mulher com uma criança que ele avistava à entrada de uma porta logo abaixo. Claramente, o sofrimento de todos eles era em virtude de quererem interferir em questões humanas – fazendo-lhes o bem – e terem perdido esse poder para sempre.

Se tais criaturas haviam se dissolvido na névoa ou se fora a névoa que as envolvera, Scrooge não saberia dizer. Mas elas e suas vozes fantasmagóricas desapareceram de uma só vez e a noite voltou à sua normalidade, como quando ele chegara em casa.

Scrooge fechou a janela e examinou a porta por onde o Fantasma havia entrado. Estava com a tranca dupla – da forma como a fechara com suas próprias mãos – e os trincos permaneciam intocados. Ele tentou dizer — Que bobagem! —, mas parou na primeira sílaba. E talvez pela emoção a que se submetera, pelo cansaço do dia, pelo vislumbre do Mundo Invisível que tivera, pela conversa enigmática com o Fantasma, ou pelo adiantado da hora, sentiu que necessitava de repouso; então foi direto para a cama e, sem se despir, adormeceu instantaneamente.

CAPÍTULO 2

O PRIMEIRO DOS TRÊS ESPÍRITOS

Quando Scrooge acordou, estava tão escuro que, da cama, mal conseguia distinguir a janela transparente das paredes opacas do quarto. Ele tentava adentrar a escuridão com seus olhos penetrantes quando o sino de uma igreja vizinha bateu os três-quartos de hora. Ficou então esperando a hora cheia.

Para sua grande surpresa, o pesado sino continuou a bater, das seis para as sete, das sete para as oito e continuou até as doze badaladas, quando finalmente parou. Doze! Já passava das duas quando ele foi para a cama. O relógio estava errado. O gelo deveria ter penetrado em suas engrenagens. Doze badaladas!

Ele apertou o repetidor[9] de seu próprio relógio, na esperança de que ele corrigisse o erro do outro. O pequenino pulsar soou doze vezes, e parou.

— Ora, isso é impossível! — disse Scrooge. — Não posso ter dormido um dia inteiro até quase a metade da noite seguinte. Não é possível que algo tenha acontecido com o sol e que já seja meio-dia!

....

9   Mecanismo de relógios antigos que, ao toque de um dedo, batia uma sineta indicando a hora correta. (N. do T.)

Por se tratar de uma ideia alarmante, ele arrastou-se para fora da cama e tateou o caminho até a janela. Viu-se obrigado a raspar o gelo da janela com a manga de seu roupão para conseguir enxergar alguma coisa; e, ainda assim, pouco podia ver. Só conseguia distinguir que ainda havia muita neblina, que o frio continuava acentuado e que não se ouvia nenhum ruído de pessoas de um lado para o outro, muito menos o tumulto que certamente ocorreria caso a noite tivesse vencido a luz do dia e se apoderado do mundo. O que era um grande alívio, já que "faça-se esse pagamento em até três dias depois da emissão dessa Ordem de Pagamento ao Sr. Ebenezer Scrooge, ou à sua ordem" e afins tornariam-se meros títulos dos Estados Unidos[10] se não houvesse mais dias para contar.

Scrooge voltou para a cama e pensou, e pensou, e pensou durante muito, muito, muito tempo, e não conseguiu encontrar uma explicação. Quanto mais pensava, mais perplexo ficava; e quanto mais se esforçava para não pensar, mais pensava.

O Fantasma de Marley continuava a incomodá-lo muitíssimo. Cada vez que ele decidia, depois de muito pensar, que tudo não passara de um sonho, sua mente dava um salto, tal qual uma mola comprimida voltando à sua posição original, e apresentava-lhe o mesmo problema sem solução: — Fora um sonho, ou não?

....

10 Aqui, o autor faz referência a um evento ocorrido em 1836 nos Estados Unidos, quando o Segundo Banco Nacional declarou falência e deixou de pagar a seus correntistas, gerando uma derrocada de vários outros bancos americanos. Com isso, a imagem de qualquer título do país era sinônimo de insolvência – o que, no trecho acima, equivale a dizer que os títulos não teriam valor nenhum. (N. do T.)

Scrooge continuou assim até que o sino tocasse outros três quartos de hora, quando se lembrou, subitamente, que o Fantasma havia lhe avisado que receberia uma visita ao toque da uma hora. Decidiu, então, ficar acordado até que a hora chegasse; e, considerando que tinha tantas possibilidades de voltar a dormir quanto de ir para o Paraíso, essa talvez tenha sido a melhor decisão possível.

Os quinze minutos foram tão longos que, mais de uma vez, ele pensou ter cochilado e perdido o toque do relógio. Afinal, as badaladas chegaram-lhe nitidamente aos ouvidos.

— Dim, dom!

— Meia-noite e quinze — disse Scrooge, contando os minutos.

— Dim, dom!

— Meia-noite e meia! — disse Scrooge.

— Dim, dom!

— Quinze para a uma — disse Scrooge.

— Dim, dom!

— Chegou a hora — vibrou triunfante Scrooge — e nada aconteceu!

Acabou falando antes de a badalada da uma hora soar, o que acontecia nesse instante – uma única batida – profunda, surda, sombria e melancólica. Logo em seguida, um clarão atravessou o quarto e as cortinas ao redor da cama foram puxadas.

Devo dizer-lhes que as cortinas de sua cama foram puxadas por nada menos que uma mão. Não as cortinas aos seus pés, nem às suas costas, mas aquelas em frente ao seu rosto.

As cortinas de sua cama foram puxadas; e Scrooge, levantando-se abruptamente, viu-se cara a cara com o visitante sobrenatural que as puxara: tão perto dele quanto estou, neste momento – em espírito – do ombro de vocês.

Era uma estranha figura – como uma criança; não, não se parecia com uma criança, mas com um velho visto através de algum meio sobrenatural que lhe dava a impressão de ter sido afastado até tomar as proporções de uma criança. Seus cabelos, que chegavam às costas, pareciam esbranquiçados pela idade; mesmo assim, seu rosto não tinha uma ruga sequer, e sua pele era macia e delicada. Os braços eram muito longos e musculosos; também as mãos, que pareciam ser dotadas de uma força inigualável. Suas pernas e seus pés, de proporções delicadas, estavam nus como os braços. Usava uma túnica branquíssima; ao redor de sua cintura, portava um lindo e resplandecente cinto. Segurava um ramo de azevinho verde; e, em contraste a esse particular símbolo do inverno, tinha as vestes enfeitadas com flores de verão. Mas o mais estranho de tudo era que, do alto de sua cabeça, brotava um raio de luz claro e brilhante, que iluminava toda sua figura; e que, sem sombra de dúvida, explicava o fato de ele usar, nos momentos mais sombrios, um grande apagador de lampiões como chapéu – segurando-o, nesse instante, debaixo do braço.

No entanto essa não era sua particularidade mais excêntrica, Scrooge pôde perceber ao observá-lo com mais tranquilidade. Assim como seu cinto brilhava e faiscava, ora em uma parte, ora em outra; assim como o que era luz em um instante tornava-se trevas no outro; toda a sua figura flutuava em sua própria indefinição: agora, um ser com apenas um braço; agora, com apenas uma perna; agora, com vinte pernas; agora, um par de pernas sem cabeça; agora, uma cabeça sem corpo. E cada uma das partes que se dissolvia perdia-se na densa escuridão, sem deixar vestígios. E, no meio de toda essa fascinante transformação, voltava a ser o que era, mais evidente e nítido do que nunca.

— É você o Espírito cuja chegada me fora anunciada? — perguntou Scrooge.

— Sou eu!

A voz era suave e gentil. Estranhamente baixa, como se o Espírito estivesse muito longe dele.

— Quem, e o quê, é você? — Scrooge perguntou.

— Sou o Fantasma dos Natais Passados.

— Passados há muito tempo? — perguntou Scrooge, notando a estatura diminuta do espírito.

— Não. Os Natais do seu passado.

Se alguém lhe perguntasse, Scrooge não saberia dizer o porquê; mas sentiu uma curiosidade irresistível de ver o Espírito com seu chapéu na cabeça; pediu-lhe então que o pusesse.

— O quê? — exclamou o Fantasma. — Deseja apagar tão cedo, com suas mãos mundanas, a luz que lhe ofereço? Não basta ser você um dos que fabricaram com suas paixões este chapéu, obrigando-me a usá-lo enterrado até os olhos por anos a fio?

Respeitosamente, Scrooge negou qualquer intenção de ofendê-lo e afirmou não saber, em nenhum momento de sua vida, que contribuíra para "enchapelá-lo". Então, criou coragem para perguntar-lhe que motivos o traziam até ali.

— O seu bem-estar! — disse o Fantasma.

Scrooge expressou sua imensa gratidão, mas não pôde deixar de pensar que uma noite de descanso teria sido muito mais propícia para esse fim. O Espírito deve ter ouvido seus pensamentos, pois disse imediatamente:

— Falo de sua redenção. Tome cuidado, então!

Ele estendeu sua mão forte enquanto falava e apertou gentilmente seu braço.

— Levante-se! E venha comigo!

Teria sido inútil dizer que o clima e o horário não eram apropriados para passeios a pé; que a cama estava quente e que o termômetro estava muito abaixo de zero; que ele trajava apenas seus chinelos, o roupão e a touca de dormir; e que, além disso, estava resfriado.

O apertão que lhe dera, apesar de gentil como o toque de uma dama, era impossível de resistir. Levantou-se, mas ao perceber que o Espírito dirigia-se à janela, agarrou sua túnica, suplicando-lhe:

— Sou um mortal — Scrooge protestou — e propenso a cair.

— Basta-lhe um toque de minha mão aqui — disse o Espírito, tocando-lhe o coração — e você estará seguro por todo lugar.

Assim que pronunciou estas palavras, eles atravessaram juntos a parede e pairaram sobre uma estrada do interior, em meio ao campo.

A cidade tinha desaparecido completamente. Não se via nem um vestígio dela. Com ela, também desapareceram a escuridão e a névoa, restando um dia claro e frio de inverno, com a neve cobrindo o solo.

— Meu Deus! — disse Scrooge, apertando as mãos ao olhar em volta. — Cresci neste lugar. Passei minha infância aqui!

O Espírito olhou para ele com ternura. Seu toque delicado, apesar de leve e fugaz, ainda era sentido pelo velho. Sentia também milhares de odores flutuando pelo ar, cada um conectado com milhares de lembranças, esperanças, alegrias e cuidados esquecidos há muito, muito tempo!

— Seu lábio está tremendo — disse o Fantasma. — E o que é isso em seu rosto?

Scrooge murmurou, com um tom diferente na voz, que era uma espinha; e implorou ao Fantasma para levar-lhe para onde fosse necessário.

— Você se lembra do caminho? — perguntou o Espírito.

— Se me lembro? — exclamou Scrooge, radiante. — Poderia andar de olhos vendados por aqui.

— Curioso que tenha se esquecido por tantos anos! — comentou o Fantasma. — Vamos lá.

Enquanto caminhavam juntos pela estrada, Scrooge reconheceu cada portão, cada poste, cada árvore; até o centro de uma cidadezinha aparecer ao longe, com sua ponte, sua igreja e um rio sinuoso. Alguns garotos, montados em cavalos-islandeses[11], trotavam em sua direção, conversando com outros garotos em charretes e carroças guiadas por fazendeiros.

---

11 O cavalo-islandês (no original, *shaggy pony*) é uma raça de cavalo desenvolvida na Islândia. Embora seja pequeno e semelhante aos pôneis, a maioria dos registros indica tratar-se de uma raça de cavalo. (N. do T.)

Todos estavam muito animados e gritavam uns com os outros, enchendo os campos de uma música tão alegre que o ar frio parecia rir ao ouvi-los.

— Essas são apenas sombras do que já existiu — disse o Fantasma. — Elas não percebem nossa presença.

Os felizes viajantes aproximaram-se; e, com sua chegada, Scrooge reconheceu e nomeou cada um deles. Por que ele alegrara-se de tal forma ao vê-los? Por que seu olhar frio brilhou e seu coração saltitou ao vê-los passar? Por que se enchera de prazer ao ouvi-los desejando Feliz Natal uns aos outros quando se separaram nas encruzilhadas rumo a seus respectivos lares? O que significava um feliz Natal para Scrooge? Às favas, o feliz Natal! O que o Natal lhe trouxera de bom?

— A escola não está completamente deserta — disse o Fantasma. — Uma criança solitária, esquecida pelos amigos, ainda está lá.

Scrooge disse saber quem era. E soluçou.

Deixaram a estrada, pegando uma alameda de que se lembrava muito bem, e aproximaram-se rapidamente de uma casa de tijolos vermelhos escurecidos, com um galo dos ventos e um sino no alto de uma pequena torre. Era um casarão grande, mas parecia estar em ruínas; seus aposentos espaçosos eram pouco usados, as paredes estavam cheias de umidade e musgo, as janelas estavam quebradas, e os portões, apodrecidos. Aves cacarejavam e ciscavam nos estábulos; as cocheiras e os galpões estavam tomados pelo mato. Seu estado antigo também não havia sido preservado no interior: quando entraram no melancólico saguão e olharam através das portas abertas das inúmeras salas, encontraram-nas mal mobiliadas, frias e abandonadas.

Um cheiro de terra impregnava o ar, uma assolação gélida que lembrava, de certa forma, acordar no meio da noite sem ter o que comer.

O Fantasma e Scrooge passaram pelo saguão, em direção a uma porta nos fundos da casa. A porta se abriu com a sua chegada, levando a uma imensa sala, desolada e triste, com fileiras de bancos e carteiras muito simples, o que ampliava a sensação de desolação. Em uma das carteiras, um menino solitário lia, à luz de uma chama fraca; Scrooge sentou-se em um banco, e começou a chorar ao ver-se completamente abandonado, como sempre lhe acontecera.

Não se ouvia nenhum eco dissimulado, nenhum guincho ou rixa entre os ratos atrás dos painéis, nenhuma gota caindo da bica d'água no sombrio pátio dos fundos, nenhum chiado entre os galhos desfolhados do velho álamo, nem o ranger de nenhuma porta das despensas vazias, nem o crepitar da lareira; toda essa ausência recaiu sobre o coração de Scrooge, amolecendo-o, e dando livre passagem às suas lágrimas.

O Espírito tocou seu braço e apontou para seu eu juvenil, concentrado na leitura. Subitamente surgiu um homem com roupas estranhas, assombrosamente real e distinto: ele permaneceu do lado de fora da janela, com um machado preso ao cinto, e segurando pelas rédeas um burro carregado de lenha.

— Ora essa, é Ali Babá[12]! — Scrooge exclamou, extasiado.
— É o bom e velho Ali Babá! Sim, sim, é ele mesmo! Certa vez,

---

12 Ali Babá é um personagem fictício baseado em tradições orais dos povos árabes pré-islâmicos. Sua primeira aparição registrada deu-se no conto "Ali Babá e os Quarenta Ladrões". (N. do T.)

na época do Natal, quando essa pobre criança foi deixada aqui completamente sozinha, ele apareceu pela primeira vez, assim como agora. Pobre menino! E lá está Valentim — disse Scrooge — e seu irmão descontrolado, Orson[13]; lá vão eles! E, como é o nome desse outro, aquele que foi deixado dormindo, só de fraldas, no Portão de Damasco[14]; você não o vê? E o Cavalariço do Sultão, que foi pendurado de ponta-cabeça pelo Gênio, lá está ele de pernas para o ar! Bem feito para ele! Fico feliz. Quem mandou querer casar com a Princesa[15]?

Ouvir Scrooge falando tão seriamente desses as- suntos, com uma voz tão incomum, num misto de riso e choro, e ver seu rosto tão animado e entusiasmado, certamente teria sido uma enorme surpresa para seus colegas de negócios da cidade.

— Lá está o Papagaio! — exclamou Scrooge. — Corpo esverdeado e cauda amarela, e algo parecido com uma alface surgindo no topo de sua cabeça; lá está ele! "Pobre Robinson Crusoé", ele o chamava quando voltara de sua expedição ao redor da ilha. "Pobre Robinson Crusoé, por onde esteve você,

....

13 Valentim e Orson (no original em francês, Valentin et Orson) é um romance de cavalaria pertencente à literatura medieval francesa. Trata-se da história de dois irmãos gêmeos abandonados quando pequenos em um bosque. (N. do T.)

14 O Portão de Damasco é um dos portais da Cidade Antiga de Jerusalém, construído em 1542 pelo sultão otomano Solimão, o Magnífico. (N. do T.)

15 Referência ao Livro das Mil e Uma Noites, uma coleção de histórias e contos populares originários do Oriente Médio e do sul da Ásia, compilados em língua árabe a partir do século IX. (N. do T.)

Robinson Crusoé?" O homem pensou estar sonhando, mas não estava. Era o Papagaio, sabia? E lá vai Sexta-Feira, correndo para o riacho para salvar a própria vida! Olááá! Pule! Olááá!¹⁶

Então, em uma súbita mudança de atitude, bastante estranha à sua personalidade habitual, proclamou, sentindo pena de seu antigo eu, — Coitado do menino! — e voltou a chorar.

— Gostaria... — Scrooge murmurou, colocando a mão no bolso e olhando em volta, depois de ter secado os olhos na manga —, mas agora é tarde demais.

— Qual é o problema? — perguntou o Espírito.

— Nada — disse Scrooge. — Nada. Havia um garoto cantando uma canção de Natal à minha porta ontem à noite. Gostaria de ter-lhe dado alguma coisa, é só isso.

O Fantasma sorriu, pensativo, e acenou com a mão, como se dissesse — Vamos ver outro Natal!

Ao som dessas palavras, o antigo Scrooge começou a crescer e a sala tornou-se mais sombria e mais suja. Os painéis encolheram, as janelas começaram a rachar; pedaços do reboco desprenderam-se do teto e as ripas de madeira ficaram à mostra; como tudo se passou, Scrooge sabia tanto quanto você. Apenas sabia que tudo como deveria ser; tudo acontecera exatamente assim; e lá estava ele, mais uma vez sozinho, enquanto os outros garotos tinham ido para suas casas celebrar as festas.

....

16 Papagaio, Sexta-Feira e Robinson Crusoé são personagens do romance que leva o nome do protagonista (*Robin Crusoe*, no original), escrito pelo escritor inglês Daniel Defoe (1660-1731) e publicado originalmente em 1719 no Reino Unido. (N. do T.)

Agora, ele não lia, mas andava para todo lado, desconsolado. Scrooge olhou para o Fantasma e, balançando com tristeza a cabeça, espiou ansioso em direção à porta.

Ela se abriu e uma menininha, muito mais nova que o garoto, entrou correndo, abraçando-o, beijando-o e chamando-o de "Meu querido, querido irmão".

— Vim buscá-lo para irmos para casa, querido irmão! — disse a criança, batendo suas palminhas e curvando-se para soltar uma risada. — Para irmos para casa, para casa, para casa!

— Para casa, Fanny? — retrucou o garoto.

— Sim! — disse a criança, cheia de alegria. — Para casa, de uma vez por todas. Para casa, para todo o sempre. Papai está tão mais gentil do que antes que nossa casa parece o Paraíso! Ele falou com tanta bondade comigo outra noite, quando estava indo para a cama, que criei coragem para pedir-lhe mais uma vez se você podia voltar para casa; e ele disse Sim, que você deveria voltar; e me mandou aqui numa carruagem para buscá-lo. Você deve agir como um homem! — disse a menina, arregalando os olhos — e nunca mais vai voltar aqui; mas, antes, vamos passar todo o Natal juntos, e vamos nos divertir a valer.

— Você já está uma mocinha, Fanny! — exclamou o garoto.

Ela bateu palmas, riu e tentou tocar a cabeça dele; mas, sendo muito pequena para alcançá-lo, riu mais uma vez, colocando-se na ponta dos pés para abraçá-lo. Então, tomada por seu entusiasmo infantil, começou a arrastá-lo em direção à porta; ele, muito disposto, acompanhou-a.

Uma voz terrível irrompeu do saguão — Desçam o baú do Sr. Scrooge! — e o diretor da escola apareceu pessoalmente, olhando o Sr. Scrooge com uma complacência atroz, deixando-o atordoado ao apertar sua mão. Então, conduziu sua irmã e ele até a sala mais velha e gelada que já haviam visto, onde até mesmo os mapas na parede e os globos celeste e terrestre, perto da janela, pareciam congelados de frio.

Fez surgir um decantador com um vinho muito leve e um grande pedaço de um bolo bastante encorpado, oferecendo-lhes pequenas porções de ambos: ao mesmo tempo, pediu à criada magricela que oferecesse um copo de "qualquer coisa" ao cocheiro, que respondeu dizendo que agradecia muito ao cavalheiro, mas, caso se tratasse da mesma água da torneira de antes, preferia não tomar nada. A essa altura, o baú do Sr. Scrooge já havia sido amarrado no alto da carruagem e as crianças despediram-se com muito prazer do diretor e, entrando no coche, desceram alegremente pelo jardim, esmagando com as rodas a neve e o gelo que salpicavam suas folhas escuras.

— Sempre uma criatura delicada, a quem bastou um sopro para derrubar — disse o Fantasma. — Mas ela tinha um grande coração!

— Tinha, sim — exclamou Scrooge. — Você está certo. Não posso contradizê-lo, Espírito. Que Deus me perdoe!

— Ela morreu um pouco mais velha — disse o Fantasma — e teve, se não me engano, filhos.

— Um filho — respondeu Scrooge.

— É verdade — disse o Fantasma. — Seu sobrinho!

Scrooge pareceu incomodado e respondeu com um breve: — Sim.

Apesar de eles terem acabado de deixar a escola para

trás, já se encontravam nas estradas principais de uma cidade, onde passageiros sombrios passavam para todo lado; onde carruagens e charretes sinistras lutavam por um lugar no caminho, e acontecia toda a movimentação e tumulto típicos. Era claro, pela decoração das lojas, que aqui também era época de Natal; era noite e as ruas estavam iluminadas.

O Fantasma parou à porta de certo armazém e perguntou a Scrooge se ele o conhecia.

— Se o conheço! — disse Scrooge. — Fui aprendiz aqui!

Os dois entraram. Ao ver um velho cavalheiro com uma touca de lã, sentado atrás de uma escrivaninha alta - tão alta que se ele fosse cinco centímetros mais alto bateria a cabeça no teto -, Scrooge exclamou, extremamente animado:

— Ora, ora, é o velho Fezziwig! Que Deus o abençoe; o velho Fezziwig, vivo de novo!

O velho Fezziwig largou a caneta e olhou para o relógio, que marcava sete horas. Ele esfregou as mãos; ajustou seu largo colete; riu balançando todo o corpo, dos pés à cabeça; e chamou com uma voz tranquila, lisonjeira, sonora, volumosa e jovial:

— Ei, vocês aí! Ebenezer! Dick!

O antigo Scrooge, agora um jovem crescido, entrou rapidamente, acompanhado por seu colega aprendiz.

— Dick Wilkins, certamente! — disse Scrooge para o Fantasma. — Bendito seja! É ele mesmo. Gostava muito de mim. Pobre Dick! Tão querido!

— Ah, meus garotos! — disse Fezziwig. — Chega de

trabalho por hoje. É a véspera do Natal, Dick! É Natal, Ebenezer! Vamos fechar tudo logo — gritou o velho Fezziwig, batendo as palmas com força — antes que apareça alguém!

Vocês não acreditariam na rapidez dos dois sujeitos! Correram para a rua com as persianas à mão – um, dois, três – colocaram-nas em seus devidos lugares – quatro, cinco, seis – encaixaram e trancaram tudo – sete, oito, nove – e voltaram antes de contar até doze, ofegando como cavalos de corrida.

— Upaaa! — gritou o velho Fezziwig, pulando da escrivaninha alta com uma agilidade espantosa. — Vamos liberar tudo aqui, meus rapazes, e abrir espaço bem no meio. Upa, Dick! Vamos lá, Ebenezer!

Liberar tudo? Não havia nenhum espaço que eles não pudessem liberar com o velho Fezziwig à espreita. Em um minuto, tudo limpinho.

Empacotaram todos os móveis, como se nunca mais fossem ser utilizados; o chão foi varrido e lavado, os lampiões foram guardados, a lenha foi empilhada perto da lareira; e o armazém ficou parecendo um salão de baile de tão confortável, quente, seco e brilhante, exatamente o que se poderia desejar ver em uma noite de inverno.

Logo chegou um violinista com seu livro de partituras, dirigiu-se à imensa escrivaninha, e transformou-a em sua orquestra, afinando seu instrumento – que soava como cinquenta estômagos com dor. Chegou também a Sra. Fezziwig, que era só sorrisos. Também as três Srtas. Fezziwig, adoráveis e radiantes. Depois, seis de seus jovens admiradores, cujos corações elas partiram. Chegaram todos os jovens cavalheiros e damas empregados do negócio. Veio a criada com seu primo, o padeiro. Também a cozinheira, com o amigo especial de seu irmão, o leiteiro. Entrou também o garoto do outro lado da rua – que suspeitavam não receber comida suficiente de seu patrão –, tentando esconder-se atrás da garota que trabalhava duas casas ao lado e que costumava levar uns puxões de orelha da patroa.

Chegaram finalmente todos, um após o outro; alguns timidamente, outros com estardalhaço, alguns elegantemente, outros desajeitados, alguns empurrando, outros puxando; entraram todos, cada um à sua maneira. Começaram todos a dançar, vinte casais ao todo; entrelaçando as mãos e soltando-as do outro lado; abaixando-se no centro e levantando-se novamente; rodopiando mais e mais em diferentes calorosos arranjos; o velho casal na ponta sempre virando para o lugar errado; o casal que lhes sucedia recomeçando tudo novamente assim que pegava seu lugar; todos indo para a ponta de uma vez só, sem ninguém para conduzir! Quando isso acontecia, o velho Fezziwig, batendo palmas para parar a dança, gritava: — Muito bem! Aproveitando a pausa, o violinista mergulhava o rosto em uma caneca de cerveja preta, destinada exatamente a esse fim. Recusando-se a descansar, voltava a tocar mesmo sem dançarinos na pista, como se o violinista antes da cerveja, exausto, tivesse sido levado para casa em uma maca e ele fosse um músico novo em folha, decidido a suplantar o anterior, ou morrer tentando.

Houve mais danças, mais jogos, e mais danças, e bolo, e licor, e um grande pedaço de rosbife frio, e um grande pedaço de presunto cozido, e tortas de frutas, além de muita cerveja. Mas o grande momento da noite veio depois do rosbife e do presunto, quando o violinista (um artista muito talentoso, vejam vocês!

O tipo de homem que conhecia seu ofício melhor do que ninguém!) começou a tocar *Sir Roger de Coverley*[17]. Então, o velho Fezziwig levantou-se para dançar com a Sra. Fezziwig. Tornaram-se o casal a liderar a dança; papel que parecia ter sido feito para eles; vinte e três ou vinte e quatro casais os seguiram; gente que não estava para brincadeira; gente que queria dançar, esquecendo de como era caminhar.

Mas mesmo que fosse o dobro de casais – até mesmo quatro vezes mais – o velho Fezziwig teria dado conta, assim como a Sra. Fezziwig. Pois ela era digna de ser seu par, em todos os sentidos do termo. Se isso não é um ótimo elogio, digam-me um melhor, que o usarei. Uma luz auspiciosa parecia jorrar das pernas do casal. Eles brilhavam por todo o salão, como duas luas. Em nenhum momento poder-se-ia dizer o que fariam em seguida. E depois que o velho Fezziwig e a Sra. Fezziwig finalizaram toda a sequência, tendo avançado e recuado, dado as mãos entre si, feito reverências e mesuras, girado, serpenteado, costurado e, finalmente, voltado ao seu lugar, Fezziwig "saltou" – saltou com tanta destreza que parecia dar uma piscadela com as pernas, e voltou ao chão novamente sem cambalear nem um pouco.

Quando o relógio bateu as onze, o baile acabou. O Sr. e a Sra. Fezziwig colocaram-se a postos, um de cada lado da porta e, apertando as mãos de cada pessoa que saía, desejaram a todos, individualmente, um Feliz Natal. Quando restavam apenas os dois aprendizes, cumprimentaram-nos da mesma forma e, enquanto as vozes animadas iam sumindo ao longe,

....

17 Nome de uma música típica do interior da Inglaterra e da Escócia, dançada como uma quadrilha. (N. do T.)

os rapazes foram para as suas camas, que ficavam atrás de um balcão na loja dos fundos.

Durante todo esse tempo, Scrooge comportou-se como um homem fora de si. Seu coração e sua alma estavam presos à cena, e ao seu antigo eu. Ele reconhecia tudo, lembrava-se de tudo, desfrutava de tudo e passava por uma curiosa agitação. Foi apenas quando os rostos brilhantes de Dick e de seu antigo eu desapareceram que ele lembrou-se do Fantasma, e percebeu que ele o olhava atentamente, com a luz sobre sua cabeça brilhando fortemente.

— Algo tão insignificante — disse o Fantasma — para esses tolos ficarem tão agradecidos.

— Insignificante! — repetiu Scrooge.

O Espírito fez-lhe sinal para que ouvisse os dois aprendizes, que não se cansavam de elogiar Fezziwig, dizendo afinal:

— Ora! E não é? Ele gastou apenas algumas libras de seu dinheiro mortal, três ou quatro, talvez. É tanto assim que mereça tantos elogios?

— Não se trata disso — disse Scrooge, nervoso com o comentário, e falando, sem perceber, como seu antigo eu, e não como seu eu atual. — Não se trata disso, Espírito. Ele tem o poder de nos tornar felizes ou infelizes; de fazer nosso trabalho leve ou opressivo, um prazer ou um tormento. Quero dizer que o poder dele está em suas palavras e olhares, em coisas tão pequenas e insignificantes que é impossível contá-las e dar-lhes o devido valor. E daí? A felicidade que ele oferece é tão grande que custaria uma fortuna.

Ele sentiu o olhar do Espírito e calou-se.

— Qual é o problema? — perguntou o Fantasma.

— Nada em especial — disse Scrooge.

— Então, presumo que seja algo — o Fantasma insistiu.

— Não — disse Scrooge. — Não. Gostaria de poder dizer algumas coisas para o meu funcionário nesse momento. Só isso.

Seu antigo eu diminuiu a luz dos lampiões enquanto ele proclamava seu desejo; e Scrooge e o Fantasma encontraram-se lado a lado em pleno ar, mais uma vez.

— Meu tempo está se esgotando — comentou o Espírito. — Rápido!

Não falou isso para Scrooge, nem para ninguém que ele pudesse ver, mas seu efeito foi imediato. Novamente, Scrooge via a si próprio. Estava mais velho agora, era um homem na flor da idade. Seu rosto ainda não tinha as linhas duras e rígidas dos anos seguintes, mas já começava a mostrar sinais de preocupação e avareza. Havia uma agitação incansável, impaciente e gananciosa nos seus olhos, revelando que a paixão já se enraizara, e que ela se tornaria uma imensa árvore, ali projetando sua sombra.

Ele não estava só, pois ao seu lado sentava-se uma jovem loira, com um vestido de luto; nos seus olhos rolavam lágrimas, que brilhavam à luz do Fantasma dos Natais Passados.

— Não importa — disse ela, suavemente. — Para você, nem um pouco. Outro ídolo tomou meu lugar; se ele puder animá-lo e confortá-lo no futuro, como tentei fazer, não tenho motivos para sofrer.

— Que ídolo tomou seu lugar? — perguntou ele.

— Um ídolo de ouro.

— Então é assim que o mundo é imparcial? — disse ele.

— Não há nada pior nele que a pobreza e, no entanto, não há nada que se condene mais que a busca pela riqueza!

— Você teme demais o mundo — ela respondeu, com gentileza. — Todas as suas esperanças fundiram-se em um único objetivo: estar acima de qualquer censura. Vi suas aspirações mais nobres caírem uma a uma, até uma única paixão tomar conta de você, o Lucro. Não é verdade?

— E daí? — retrucou ele. — Se me tornei mais sábio, qual o problema? Não mudei nem um pouco em relação a você.

Ela balançou a cabeça.

— Mudei?

— Nosso acordo é antigo. Foi acertado quando éramos pobres e não nos preocupávamos com isso até que, na hora certa, pudéssemos melhorar nossa sorte nesse mundo com nossos pacientes esforços. Mas você mudou. Você era outro homem naquela época.

— Era apenas um garoto — disse ele, impaciente.

— Você sente que não era aquilo que se tornou hoje — ela respondeu. — Eu continuo a mesma. A mesma que lhe prometeu felicidade quando éramos um único coração e que está fragilizada pela tristeza, agora que somos dois. Quantas vezes, pensei intensamente nisso, nem sei dizer. Mas pensei o bastante, e posso liberá-lo de seu compromisso.

— Alguma vez desejei que me liberasse?

— Com palavras, não. Nunca.

— Como, então?

— Com sua natureza modificada; com seu espírito alterado; com um modo de vida diferente; com uma meta de vida diferente. Modificando tudo que fazia meu amor ter qualquer valor aos seus olhos. Diga-me, se não tivéssemos um compromisso mútuo — disse calmamente, mas com firmeza, a garota —, você ainda me procuraria, ainda tentaria me conquistar? Ah, com certeza não.

Ele parecia ceder aos seus argumentos, mesmo contra a vontade. Ainda assim, esforçou-se para dizer: — Você não pensa assim.

— Gostaria muito de pensar de forma diferente, se pudesse — respondeu ela. — Deus sabe muito bem! Quando compreendi que era essa a Verdade, percebi o quão forte e irresistível ela era. Estando você livre, hoje, amanhã, ontem, como posso acreditar que escolheria uma moça sem dote – mesmo confiando em seu amor por ela, você que avalia tudo à luz do Lucro? E se, esquecendo por um momento o único princípio que guia sua vida, acabasse escolhendo-a, como poderia ter certeza de que não se arrependeria logo em seguida? Não tenho essa certeza e, por isso, devolvo-lhe a liberdade. Com todo meu coração, pelo amor que ainda tenho pelo homem que você já foi um dia.

Ele estava prestes a dizer algo, mas ela, com o rosto virado para o outro lado, continuou:

— Talvez você sofra com isso – a memória do que tivemos me faz ter esperanças de que isso aconteça. Por pouco, pouquíssimo tempo e, então, você acabará afastando as lembranças, de bom grado, como se fossem um sonho inútil, do qual você acorda com satisfação. Só desejo que seja feliz na vida que escolheu!

Ela partiu, e eles afastaram-se.

— Espírito! — disse Scrooge — Não me mostre mais nada! Leve-me para casa. Por que tem tanto prazer em torturar-me?

— Só mais uma sombra! — exclamou o Fantasma.

— Chega! — gritou Scrooge. — Mais nenhuma. Não quero vê-la. Não me mostre mais nada!

Mas o persistente Fantasma agarrou-o em seus braços, forçando-o a ver o que acontecia em seguida.

Estavam agora em outro lugar; uma sala, não muito grande nem bonita, mas muito confortável. Perto da lareira sentava-se uma linda jovem, tão parecida com a anterior que Scrooge pensou ser ela mesma, até vê-la – agora, uma graciosa senhora – sentada em frente à sua filha. Os ruídos nessa sala beiravam o caos, pois havia ali mais crianças do que Scrooge – em seu agitado estado de espírito – era capaz de contar; e, ao contrário do rebanho do famoso poema[18], não eram quarenta crianças comportando-se como uma só, mas cada criança comportava-se como quarenta.

O resultado era uma confusão inacreditável, mas ninguém parecia se importar; muito pelo contrário, a mãe e a filha riam com prazer, profusamente; e logo a filha juntou-se às brincadeiras, sendo atacada pelos pequenos bandoleiros sem piedade. O que eu não daria para ser um deles! Apesar de não poder ser tão brusco, não, não! Não poderia, por nenhuma riqueza desse mundo, ter puxado aqueles cabelos trançados, desfazendo suas tranças; tampouco

---

18 O autor refere-se ao poema do autor romântico inglês William Wordsworth (1770-1850) chamado *Written in March* (Escrito em Março), em que ele descreve o rebanho cavalgando como um só em seu pasto, na primavera. (N. do T.)

poderia arrancar-lhe seu precioso sapatinho, nem que fosse para salvar minha própria vida, Deus me livre! Nem sequer poderia, nem por brincadeira, tê-la segurado pela cintura, como fizeram aqueles filhotes valentes; teria, no entanto, achado justo que meu braço entortasse e nunca mais voltasse ao normal com o castigo que mereceria. Gostaria imensamente, porém, de ter tocado seus lábios; de ter-lhe feito perguntas apenas para vê-los abrir; de olhar sem ruborizar por sobre seus cílios quando ela baixasse os olhos; de soltar os cachos de seus cabelos, tomando um deles como tesouro inestimável; em resumo, adoraria – devo confessar – ter tido a mesma espontaneidade de uma criança, sendo adulto o bastante para saber o valor de tudo aquilo.

Nesse momento, ouviram alguém batendo à porta, o que provocou tanta correria que a garota, com o rosto sorridente e o vestido amarrotado, foi levada até a entrada no meio do turbulento e excitado grupo, bem a tempo de cumprimentar o pai, que chegara acompanhado por um homem repleto de brinquedos e presentes de Natal.

Seguiu-se então tal gritaria, tal luta, tal ataque ao indefeso carregador! Subiram nele usando cadeiras como escadas para mergulhar em seus bolsos, saquearam-no de seus pacotes de papel pardo, seguraram-no com força pela gravata, abraçaram seu pescoço, deram-lhe socos nas costas e chutaram suas pernas, com irrepreensíveis mostras de afeição! E os gritos de surpresa e alegria cada vez que abriam um embrulho! E o terrível aviso de que o bebê tinha sido flagrado colocando a frigideira da boneca na boca, e que podia ter engolido um peru de brinquedo, que estava colado em uma bandeja de madeira! Que alívio quando descobriram que fora alarme falso! Que alegria, que gratidão, que êxtase! Eram igualmente indescritíveis. Basta dizer que, pouco a pouco, as crianças e suas emoções foram deixando a sala, um degrau por vez, até o andar de cima, onde foram para a cama e, finalmente, descansaram.

Scrooge pôde, então, observar com mais atenção quando o dono da casa, com a filha carinhosamente encostada nele, sentou-se com ela e sua mãe ao lado da lareira; foi quando – ao imaginar que outra criatura como aquela, tão graciosa e promissora, poderia tê-lo chamado de pai, e ter sido uma primavera no triste inverno de sua vida – sua vista tornou-se realmente turva.

— Belle — disse o marido, sorrindo para sua esposa —, vi um velho amigo seu esta tarde.

— Quem?

— Adivinhe!

— Quem poderia ser? Hmm, será que sei quem é? — acrescentou imediatamente, rindo com ele. — O Sr. Scrooge?

— Exatamente ele. Passei em frente ao seu escritório e, como ainda não estava fechado e havia uma vela acesa no interior, não pude deixar de ir vê-lo. Ouvi dizer que seu sócio está prestes a morrer; e lá estava ele sozinho. Acredito que esteja completamente só no mundo.

— Espírito! — disse Scrooge com a voz falhando. — Tire-me daqui.

— Avisei-lhe que se trata de sombras do que realmente aconteceu — disse o Fantasma. — Elas são o que são, não me culpe!

— Tire-me daqui! — Scrooge exclamou. — Não posso suportar tudo isso!

Virou-se para o Fantasma e, ao ver que em seu rosto havia fragmentos de todos os rostos que ele lhe mostrara, atracou-se com ele.

— Deixe-me! Leve-me de volta. Pare de me atormentar!

Durante o embate – se é que aquilo poderia ser chamado de embate, já que o Fantasma, sem oferecer nenhuma resistência, não sentia nenhum dos golpes de seu adversário –, Scrooge percebeu que sua luz brilhava com cada vez mais força e intensidade; então, acreditando que havia qualquer conexão entre a luz e seus poderes, tomou o chapéu-apagador e, rapidamente, enterrou-o na cabeça do Espírito.

O Espírito desapareceu sob o chapéu, que cobriu todo o seu ser; mas, por mais que Scrooge usasse toda a sua força para empurrá-lo para baixo, não conseguia apagar a luz, que continuava a jorrar continuamente pelo chão.

Ele percebeu então que estava exausto, tomado por uma sonolência irresistível e, além disso, viu-se em seu próprio quarto. Deu um último apertão no chapéu, soltando depois sua mão; mal teve tempo de arrastar-se até a cama, antes de mergulhar em um sono profundo.

CAPÍTULO 3

O SEGUNDO DOS TRÊS ESPÍRITOS

Ao acordar no meio de um ronco prodigiosamente alto e sentando-se na cama para colocar seus pensamentos em ordem, Scrooge mal teve tempo de perceber que o sino tocava novamente uma da manhã. Sentiu ter voltado a si no momento certo, a tempo de encontrar-se com o segundo mensageiro enviado por Jacob Marley. Mas, ao notar que ficava com um frio incontrolável quando começava a imaginar qual das cortinas de sua cama seria puxada pelo novo espectro, puxou-as todas ele mesmo; então deitou-se novamente, olhando cuidadosamente ao redor da cama. Queria flagrar o Espírito assim que aparecesse, sem ser dominado pela surpresa e pelo nervosismo.

Cavalheiros descontraídos vangloriam-se de saber como agir no momento certo e, estando sempre muito bem informados, expressam sua ampla capacidade para a aventura, declarando-se prontos para qualquer coisa, desde um simples cara ou coroa até um assassinato – havendo entre esses dois extremos, sem dúvida nenhuma, uma enormidade de possibilidades diferentes. Sem afirmar que Scrooge era um desses cavalheiros, não me importo em pedir-lhes que acreditem que ele estava pronto para enfrentar uma grande variedade de estranhas aparições, e que não haveria nada – de um bebê a um rinoceronte – que o deixaria muito surpreso.

Mesmo preparado para qualquer coisa, na verdade ele não tinha se preparado para que nada acontecesse; por isso, quando o Sino bateu uma hora, e nenhuma forma apareceu, ele foi tomado por uma tremedeira violenta. Cinco minutos, dez minutos, quinze minutos se passaram e nada apareceu. Durante todo o tempo, ele mantivera-se deitado em sua cama, no centro de uma sinistra luz vermelha, que aparecera sobre ele quando o relógio bateu uma hora; e que, mesmo sendo apenas uma luz, era mais assustadora que uma dúzia de fantasmas, já que ele não podia compreender o que ela significava ou o que provocaria; em alguns momentos, tinha medo de tornar-se um interessante caso de combustão espontânea, sem nem ao menos tomar conhecimento disso. No entanto, finalmente pôs-se a pensar – como você e eu teríamos feito desde o início, pois sempre quem está fora de perigo é quem sabe o que precisa ser feito, e efetivamente o faria –, mas, como eu dizia, finalmente ele pôs-se a pensar que a fonte e o segredo daquela luz fantasmagórica deveriam estar no quarto ao lado, de onde, observando-a melhor, parecia vir seu brilho. Com essa ideia tomando conta de sua mente, ele levantou-se com cuidado e arrastou-se até a porta em seus chinelos.

No momento em que a mão de Scrooge tocou a tranca, uma estranha voz chamou-o pelo nome, pedindo-lhe que entrasse. Ele obedeceu.

Era seu próprio quarto. Não havia nenhuma dúvida a esse respeito. Mas tinha sofrido uma surpreendente transformação. As paredes e o teto estavam tão cobertos de vegetação que ele parecia um bosque, com frutinhos brilhantes e resplandecentes por toda parte. As folhas frescas de azevinho e visco refletiam a luz como se inúmeros espelhos minúsculos tivessem sido espalhados pelo recinto; uma forte chama ardia na lareira, de uma forma jamais vista naquela casa de pedra, nem na época de Scrooge, nem na de Marley, em nenhum dos invernos ali passados. Empilhados no chão, formando uma espécie de trono, havia perus, gansos, carnes de caça, aves, cabeças de porco, grandes pedaços de animais, leitões, longas tripas de salsichas, tortas de frutas, pudins de ameixa, barris de ostras, castanhas assadas, maçãs vermelhinhas, laranjas suculentas, peras apetitosas, imensos bolos de reis e bacias ferventes de poncho, que perfumavam o cômodo com seu delicioso aroma. Sentado confortavelmente nesse trono, um alegre Gigante – esplêndido de se ver – segurava bem alto uma tocha ardente em formato de chifre, iluminando Scrooge assim que ele chegou espiando pela porta.

— Entre! — exclamou o Fantasma. — Entre, homem! E venha me conhecer melhor!

Scrooge entrou timidamente, baixando a cabeça diante do Espírito. Não era mais o teimoso Scrooge de antes; e, apesar de os olhos do Espírito parecerem puros e gentis, ele não queria encará-los.

— Sou o Fantasma do Natal Presente — disse o Espírito. — Olhe para mim!

Scrooge encarou-o com muito respeito. O espírito vestia um roupão verde, ou uma capa, bastante simples com acabamento de pele branca. Era uma roupa tão folgada que seu peito robusto estava descoberto, como se não quisesse ser ocultado por nenhum tecido. Seus pés, visíveis sob as amplas dobras da roupa, estavam descalços; e na sua cabeça ele usava apenas uma coroa de azevinho, enfeitada aqui e ali com brilhantes pedaços de gelo. Seus longos cabelos castanhos estavam soltos, tão soltos quanto seu rosto cordial, seus olhos brilhantes, suas mãos abertas, sua voz jovial, seu jeito descontraído e seu aspecto agradável. Presa à cintura havia uma antiga bainha carcomida pela ferrugem, sem nenhuma espada.

— Você nunca viu nada parecido comigo antes! — exclamou o espírito.

— Nunca — retrucou Scrooge.

— Nunca andou com os membros mais jovens da minha família, quero dizer – já que sou muito jovem – meus irmãos mais velhos, nascidos nos últimos anos? — continuou o Fantasma.

— Acredito que não — disse Scrooge. — Receio que não. Você tem muitos irmãos, Espírito?

— Mais que oitocentos — respondeu o Fantasma.

— Uma tremenda família para sustentar! — murmurou Scrooge.

O Fantasma do Natal Presente levantou-se.

— Espírito — disse Scrooge, respeitosamente —, leve-me para onde quiser. Na noite passada, fui levado à força e aprendi uma lição que começa a mostrar seus resultados. Hoje, se tem algo a me ensinar, deixe-me tirar o máximo proveito.

— Agarre meu roupão!

Scrooge obedeceu, agarrando-o depressa.

O azevinho, o visco, as cerejas, a hera, os perus, os gansos, as carnes de caça, as aves, a cabeça de porco, as carnes, os leitões, as salsichas, as ostras, as tortas, os pudins, as frutas, o ponche, tudo desapareceu em um instante, assim como o quarto, a lareira, a luz vermelha e a própria noite. Acharam-se então no meio das ruas da cidade na manhã de Natal, onde (já que o tempo estava terrível) as pessoas produziam uma espécie de música áspera e abrupta – mas sem ser desagradável – ao limpar a neve das calçadas em frente às suas casas e dos telhados – o que deliciava as crianças, que corriam para baixo dessas pequenas nevascas artificiais.

As fachadas das casas estavam bastante escuras e as janelas ainda mais, em contraste com o suave lençol branco sobre os telhados e com a neve suja do chão, marcada por profundos sulcos, feitos pelas pesadas rodas das carroças e carruagens; sulcos que se cruzavam centenas de vezes onde as grandes ruas se dividiam, abrindo intrincados canais, difíceis de decifrar na espessa lama amarela e na água congelada. O céu estava sombrio e as ruas estreitas estavam encobertas por uma névoa lúgubre, úmida e congelada ao mesmo tempo, cujas partículas mais pesadas caíam em uma torrente de átomos cobertos de fuligem, como se todas as chaminés da Grã-Bretanha tivessem combinado de acender ao mesmo tempo, ardendo de satisfação. Não havia nada de especialmente animado no clima ou na cidade, mas, mesmo assim, havia no ar uma alegria tão contagiante que nem a atmosfera mais clara, nem o sol mais brilhante do verão teriam conseguido espalhar.

Pois as pessoas que limpavam a neve do alto de suas casas estavam felizes e exultantes; chamavam umas às outras dos parapeitos das janelas e, vez ou outra, lançavam bolas de neve – mísseis de boa-vontade muito mais eficientes que gracejos prolixos – e riam com entusiasmo tanto quando acertavam quanto ao errar seus alvos. As avícolas ainda estavam abertas e as quitandas estavam radiantes. Exibiam enormes cestas redondas, repletas de castanhas, parecidas com os coletes dos velhos cavalheiros bonachões, recostados nas portas, que saltitavam para as ruas com sua agitada opulência. Havia coradas cebolas espanholas, bronzeadas e rechonchudas, cintilando a fartura de seu desenvolvimento como frades espanhóis, piscando de suas prateleiras para as garotas que passavam com uma malícia descontrolada e olhando recatadas para o visco dependurado. Havia peras e maçãs, empilhadas em pirâmides imensas; havia punhados de uvas, suspensos por ganchos bem à vista, para que os pedestres ficassem com água na boca ao passar; havia pilhas de avelãs, marrons e cobertas de musgo, com um odor que lembrava antigas caminhadas pelos bosques, em que se afundavam os tornozelos nas folhas secas; havia maçãs assadas, pequenas e escurecidas, em contraste com o amarelo das laranjas e dos limões que, devido ao seu tamanho compacto, pareciam suplicar e implorar para serem levadas para casa em sacolas de papel, para serem saboreadas depois do jantar. Mesmo os peixes dourados e prateados, colocados em um aquário no meio de todas essas variedades de frutas – apesar de serem parte de uma enfadonha espécie de sangue frio –, pareciam saber que algo importante estava acontecendo e arfavam de um lado para o outro em seu pequeno mundo, com uma animação lenta e insensível.

  E as mercearias? Ah, as mercearias! Apesar de quase fechadas, com uma ou duas persianas abaixadas, podia-se ver através das frestas um espetáculo deslumbrante! Não apenas porque as balanças desciam sobre os balcões fazendo um alegre ruído, ou porque o barbante separava-se do rolo tão rapidamente, ou porque as latas eram jogadas para cima e para baixo como parte de uma atração de malabarismo, ou porque os odores misturados do café e do chá eram tão agradáveis ao olfato, nem mesmo porque havia tantas passas de boa qualidade, amêndoas incrivelmente brancas, paus de canela longos e retilíneos, especiarias sortidas e deliciosas, frutas cristalizadas cobertas e salpicadas com açúcar derretido, capazes de fazer até mesmo o mais insensível espectador ficar debilitado pelo desejo. Nem era culpa dos figos serem tão suculentos e carnudos, nem das ameixas francesas corando com uma modesta acidez em suas caixas bem decoradas, muito menos porque tudo parecia tão apetitoso em suas embalagens natalinas; mas os fregueses estavam tão apressados e ansiosos com o que o dia ainda prometia que esbarravam uns nos outros à porta, batendo suas cestas de vime furiosamente, esquecendo suas compras sobre o balcão e voltando às pressas para buscá-las, cometendo centenas de outros erros do tipo, com o melhor humor possível; e o merceeiro e seus empregados mostravam-se tão cordiais e bem-dispostos que os broches lustrosos em formato de coração que usavam para amarrar seus aventais pareciam ser seus próprios corações, usados do lado de fora para todos verem e para as gralhas do Natal bicarem, se assim quisessem[19].

....

19 No original (*and for Christmas daws to peck at if they chose*), o autor faz referência a uma estrofe de *Otelo*, de Shakespeare (*But I will wear my heart upon my sleeve/ For daws to peck at* – Usarei meu coração em minha manga/ Para as gralhas poderem bicá-lo), uma insinuação à honestidade, a exposição de seu verdadeiro caráter à vista de todos. (N. do T.)

Logo os campanários chamaram toda a boa gente para as igrejas e capelas, e lá se foram todos, amontoando-se pelas ruas em suas melhores roupas, com seus rostos mais alegres. De uma só vez, surgiram numerosas pessoas dos cantos de vielas, becos e travessas sem nome, carregando suas ceias para assar nos fornos dos padeiros. A visão dos pobres celebrantes pareceu interessar bastante ao Espírito, parado junto a Scrooge ao lado da entrada de uma padaria e, à medida que eles passavam, tirava as tampas de suas bandejas e salpicava um pouco do incenso de sua tocha sobre suas refeições. Era uma tocha bastante incomum, pois, nas poucas vezes em que algumas das pessoas começaram a discutir depois de terem se esbarrado, bastou lançar-lhes algumas gotas da água saída da tocha e seu bom humor foi restaurado imediatamente, e elas prontamente admitiam que era vergonhoso discutir no dia de Natal. E era mesmo! Deus seja louvado, era mesmo!

Em pouco tempo os sinos cessaram e as padarias fecharam; mas, mesmo fechadas, ali permanecia um delicado vestígio de todos aqueles jantares e do progresso de seu cozimento, na mancha úmida e descongelada sobre as chaminés dos fornos de cada um dos padeiros; e no seu interior fumegante, como se suas pedras também estivessem cozinhando.

— Há algum sabor peculiar no que você salpica de sua tocha? — perguntou Scrooge.

— Sim, o meu próprio.

— E ele serve para qualquer tipo de jantar no dia de hoje? — perguntou Scrooge.

— Para qualquer um oferecido de coração. Para os mais pobres, em especial.

— Por que especialmente para os mais pobres? - perguntou Scrooge.

— Porque são os que mais necessitam.

— Espírito — disse Scrooge, depois de um momento de reflexão —, me pergunto por que você, dentre todos os seres de todos os mundos que nos rodeiam, desejaria restringir as oportunidades dessas pessoas de se divertirem inocentemente.

— Eu? — exclamou o Espírito.

— Você os impede de jantar todo sétimo dia, geralmente o único dia em que se pode dizer que eles comem de verdade — disse Scrooge. — Não é verdade?

— Eu? — exclamou o Espírito.

— Você exige que as padarias sejam fechadas no Sétimo Dia, não é? — disse Scrooge. — O resultado é o mesmo.

— Eu exijo? — exclamou o Espírito.

— Perdoe-me se estou errado. Mas no domingo tudo está fechado em seu nome, ou pelo menos em nome de alguém da sua família — disse Scrooge.

— Há certas pessoas sobre essa sua terra — respondeu o Espírito — que alegam nos conhecer e cometem seus atos de paixão, orgulho, rancor, ódio, inveja, intolerância e egoísmo em nosso nome, mas elas são tão estranhas para nós e para nossos amigos e familiares que é como se nunca tivessem existido. Lembre-se disso e atribua seus atos a eles, e não a nós.

Scrooge prometeu que assim faria; e continuaram, invisíveis como antes, em direção aos subúrbios da cidade. Uma notável qualidade do Fantasma (que Scrooge tinha percebido na padaria) era que, apesar de seu tamanho gigantesco, ele conseguia acomodar-se em qualquer lugar com facilidade, mantendo-se em pé sob um teto baixo ou em um espaçoso saguão com a mesma graça e ar sobrenatural.

E talvez fosse o prazer que o bom Espírito sentia em mostrar esse seu poder, ou graças à sua própria natureza gentil, generosa e cordial com todos os pobres, que o conduziu diretamente para a casa do funcionário de Scrooge; pois para lá foi ele, levando Scrooge consigo, agarrado ao seu roupão; e, na entrada, o Espírito sorriu e parou para abençoar o lar de Bob Cratchit com um borrifar de sua tocha. Imaginem só! Bob ganhava apenas quinze xelins por semana; embolsava apenas quinze xelins todo sábado; e, mesmo assim, o Fantasma do Natal Presente abençoava sua casinha de quatro cômodos!

Nesse momento levantou-se a Sra. Cratchit, a esposa de Cratchit, portando seu pobre vestido virado pelo avesso e enfeitado com fitas – que são baratos, mas causam uma boa impressão com apenas seis centavos – e estendeu a toalha sobre a mesa, auxiliada por Belinda Cratchit, sua segunda filha, também enfeitada com fitas; enquanto isso, o patrãozinho Peter Cratchit mergulhava o garfo na panela de batatas e, colocando as pontas de seu enorme colarinho (propriedade de Bob, concedida ao filho e herdeiro em homenagem à data) na boca, exultante por estar tão elegantemente vestido, ansioso por mostrar seus trajes nos sofisticados parques da cidade. E então dois Cratchit menores, um menino e uma menina, entraram em disparada, gritando que tinham sentido cheiro de ganso em frente à padaria e que tinham certeza que era o ganso deles; e, deleitando-se com as majestosas lembranças do cheiro de sálvia e cebola, os pequeninos Cratchit dançavam ao redor da mesa e enchiam Peter Cratchit de elogios, enquanto ele (não mais tão exultante, já que engasgara com o enorme colarinho) atiçava o fogo, até que as demoradas batatas começaram a ferver e bateram com força na tampa da panela, implorando para saírem dali e serem logo descascadas.

— Por que será que seu precioso pai está demorando tanto, então? — perguntou a Sra. Cratchit. — E seu irmão, o pequeno Tim? E Marta já não havia chegado meia hora antes no Natal passado?

— Martha chegou, mãe! — disse uma garota, aparecendo enquanto falava.

— Martha chegou, mãe! — gritaram os dois jovens Cratchit. — Eba! O ganso é imenso, Martha!

— Ora, meu Deus, minha querida, como você está atrasada! — disse a Sra. Cratchit, beijando-a uma dúzia de vezes e tirando seu xale e sua touca com todo o cuidado.

— Tínhamos um monte de trabalho para terminar ontem à noite — respondeu a garota — e tivemos que deixar tudo limpo nesta manhã, mãe!

— Bom, o que importa é que você chegou — disse a Sra. Cratchit. — Sente-se perto do fogo, minha querida, e aqueça-se um pouco, que Deus a abençoe!

— Não, não! O papai está chegando — gritaram os dois jovens Cratchit, que pareciam estar em toda parte. — Esconda-se, Martha, esconda-se!

Martha obedeceu e o pai, o pequeno Bob, entrou com

pelo menos um metro da franja da manta pendurado atrás dele, com suas roupas puídas remendadas e escovadas, em um esforço para fazerem jus à ocasião, e com o pequeno Tim nos ombros. Coitado do pequeno Tim, que carregava uma muletinha e tinha as pernas presas em uma armação de ferro!

— Ora, onde está nossa Martha? — exclamou Bob Cratchit, olhando em volta.

— Ela não vem — disse a Sra. Cratchit.

— Como não vem? — disse Bob, com uma súbita baixa no seu bom humor, já que ele viera desde a igreja brincando de cavalinho com Tim, chegando em casa exaltado. — Não vem no dia de Natal?

Martha não gostava de vê-lo desapontado, mesmo que fosse apenas por brincadeira; então, logo saiu de detrás da porta do armário e correu para seus braços, enquanto os pequenos Cratchit agarraram o pequeno Tim, levando-o até a lavanderia, para que ele ouvisse o pudim fervendo na caldeira.

— E como o pequeno Tim se comportou? — perguntou a Sra. Cratchit, depois de se recuperar da ingenuidade do marido e de ele ter cansado de abraçar sua filha.

— Melhor impossível — disse Bob. — Ele fica pensativo, sentado tanto tempo sozinho, e acaba pensando as coisas mais estranhas que já se ouviu. Voltando para casa, disse-me que esperava que as pessoas na igreja o vissem, pois, já que ele tinha essa deficiência, seria-lhes agradável lembrar, no dia de Natal, daquele que fez os aleijados andarem e os cegos verem.

A voz de Bob estremeceu ao contar-lhes isso, tremendo

ainda mais quando disse que o pequeno Tim estava cada vez mais forte e robusto.

Ouviu-se o som de suas pequenas muletas no assoalho e logo, ajudado por seus irmãozinhos, ele estava de volta ao seu banquinho do lado da lareira, antes mesmo que pudessem dizer qualquer outra palavra; enquanto isso, Bob, arregaçando as mangas – como se, coitado, fosse possível que elas ficassem mais puídas –, começou a preparar uma mistura quente de gim e limão, mexendo-a sem parar e colocando-a no fogareiro para ferver; o patrãozinho Peter e os onipresentes pequenos foram buscar o ganso, voltando logo depois com ele, em um animado desfile.

Diante de tanto burburinho, você poderia pensar que um ganso era uma das aves mais raras; um fenômeno emplumado que tornava um cisne negro algo comum – e, na verdade, naquela casa, era como se fosse. A Sra. Cratchit esquentou o molho até ficar no ponto (preparado muito antes em uma panelinha); o patrãozinho Peter amassou as batatas com um vigor incrível; a Srta. Belinda temperou o molho de maçãs; Martha tirou o pó das baixelas; Bob colocou o pequeno Tim ao seu lado em um canto da mesa; os dois jovens Cratchit arrumaram as cadeiras para todo mundo, sem se esquecer deles mesmos, e, montando guarda em seus lugares, enfiaram suas colheres na boca com medo de gritar muito alto antes de chegar sua vez de serem servidos. Finalmente, os pratos foram colocados sobre a mesa e deram todos graças pela comida. Houve então um momento de silêncio, enquanto a Sra. Cratchit observava lentamente a faca de trinchar, prestes a enterrá-la no peito da ave; assim que isso aconteceu e o tão esperado esguicho do recheio surgiu, um grande murmúrio de prazer tomou conta de toda a mesa e até mesmo o pequeno Tim, estimulado pelos dois jovens Cratchit, bateu na mesa com o cabo da sua faca, soltando um "Viva!" fraco.

Nunca haviam visto um ganso como aquele. Bob declarou que achava que nunca tinha comido um ganso tão bem assado. Sua maciez e sabor, seu tamanho e baixo preço, foram motivo de total admiração. Acrescentados ao molho de maçãs e ao purê de batatas, era um jantar suficiente para toda a família; de fato, como disse com extremo prazer a Sra. Cratchit (ao observar um minúsculo osso sobre a bandeja), nem chegaram a comer tudo! Mesmo assim, todos estavam satisfeitos, especialmente os jovens Cratchit, lambuzados de sálvia e cebolas até as sobrancelhas! Então, enquanto os pratos eram retirados pela Srta. Belinda, a Sra. Cratchit saiu da sala sozinha – nervosa demais para ter testemunhas – para ir buscar o pudim.

E se não estivesse bem cozido? E se quebrasse ao ser desenformado? E se alguém tivesse pulado o muro do quintal e roubado o pudim enquanto estavam tão entretidos com o ganso – suposição que deixou os dois jovens Cratchit pálidos! Imaginaram todo tipo de horrores.

Viva! Uma grande nuvem de vapor! O pudim estava fora da fôrma. Que cheiro de dia de lavar a roupa! Ah, esse era o pano que cobria o pudim. Agora o cheiro era uma mistura de restaurante, com uma confeitaria ao lado e uma lavanderia, do lado dos dois! Finalmente, o pudim! Em menos de um minuto entrou a Sra. Cratchit – toda vermelha, mas sorrindo orgulhosa –, trazendo o pudim, parecido com uma bola de canhão toda salpicada, firme e sólido, flambado com um pouco de conhaque e enfeitado com um azevinho de Natal no alto.

Ah, que pudim magnífico! Bob Cratchit declarou mais uma vez, calmamente, que considerava-o o maior sucesso da Sra. Cratchit desde que se casaram. A Sra. Cratchit disse que, agora que o peso havia sido tirado de sua consciência, podia confessar que havia ficado na dúvida quanto à quantidade de farinha que havia utilizado. Todos tinham algo a dizer a respeito do pudim, mas ninguém disse, e nem sequer pensou, que era um pudim pequeno para uma família tão grande. Seria uma enorme heresia. Qualquer um deles teria ficado vermelho só de pensar algo do gênero.

Finalmente a ceia terminou, a toalha foi retirada, a lareira varrida e o fogo aceso novamente. Depois que a mistura da jarra foi provada – e aprovada –, puseram sobre a mesa as maçãs e laranjas e, sobre o fogo, uma bela porção de castanhas. Então, toda a família reuniu-se ao redor do fogo, naquilo que Bob Cratchit chamou de círculo – mas que era, de fato, só a metade de um –, e sob sua vista estava a coleção de cristais da casa: dois copos e uma vasilha para sobremesa, sem a asa.

No entanto, era com eles que iam se servir do conteúdo quente da jarra, como se fossem taças de ouro; e, assim, Bob encheu os cristais diante de olhares radiantes, enquanto as castanhas no fogo crepitavam e estalavam ruidosamente. Então, Bob propôs um brinde:

— Um feliz Natal para todos nós, meus queridos! Que Deus nos abençoe!

E toda a família fez-lhe eco.

— Deus nos abençoe a todos! — disse o pequeno Tim, depois de todo mundo.

Ele estava sentado no seu banquinho, muito próximo ao seu pai. Bob segurou sua mãozinha frágil, pois amava muito aquela criança, desejando mantê-la sempre ao seu lado, temendo que algum dia ela fosse afastada dele.

— Espírito — disse Scrooge, com um interesse que nunca havia sentido antes —, diga-me se o pequeno Tim vai sobreviver.

— Vejo um lugar vazio — respondeu o Fantasma — no canto daquela pobre lareira, e uma muleta sem dono, cuidadosamente preservada. Se essas sombras permanecerem inalteradas no futuro, a criança morrerá.

— Não, não — disse Scrooge. — Ah, não, gentil Espírito! Diga-me que ele será poupado.

—Se essas sombras permanecerem inalteradas no Futuro, então ninguém mais da minha espécie — respondeu o Fantasma — irá encontrá-lo aqui. Mas em que isso importa? Se ele deve morrer, que morra logo, diminuindo o excedente de população.

Scrooge abaixou a cabeça ao ouvir suas próprias palavras citadas pelo Espírito, e encheu-se de remorso e desgosto.

— Homem — disse o Fantasma —, se você tem um coração humano e não de pedra, evite essas palavras perversas até ter descoberto o que excedente realmente significa e onde se encontra. Você quer decidir quais homens devem viver e quais devem morrer? É possível que, aos olhos de Deus, você tenha menos valor e mereça viver menos que milhões de pessoas como o filho desse pobre coitado. Ó, Deus! Ter que ouvir um inseto sobre as folhas verdes declarar que há vidas demais entre seus irmãos esfomeados no pó!

Scrooge curvou-se diante das censuras do Fantasma e, tremendo, baixou o olhar até o chão. Mas ergueu-os rapidamente, ao ouvir seu próprio nome.

— Ao Sr. Scrooge! — disse Bob. — Um brinde ao Sr. Scrooge, o patrocinador deste Banquete!

— O patrocinador desde Banquete, com certeza! — exclamou a Sra. Cratchit, enrubescendo. — Gostaria muito que ele estivesse aqui. Falaria tudo que tenho na cabeça para ele saborear, na esperança de que mantivesse seu apetite intacto.

— Minha querida — disse Bob —, as crianças! É dia de Natal!

— Tenho certeza que é Natal — disse ela —, pois só em um dia desses poderíamos brindar à saúde de um homem tão odioso, avarento, duro e insensível como o Sr. Scrooge. Você sabe que é verdade, Robert! Ninguém poderia saber melhor do que você, meu pobre querido!

— Minha querida — foi a resposta amena de Bob —, hoje é Natal.

— Brindarei à saúde dele em seu benefício, e porque é Natal — disse a Sra. Cratchit —, não por causa dele. Longa vida para ele! Um feliz Natal e um próspero ano novo! Ele ficará muito feliz e animado, tenho certeza.

As crianças brindaram junto com eles. Mas, pela primeira vez naquela noite, não demonstraram entusiasmo. O pequeno Tim foi o último a beber, mas não se importava nem um pouco com aquele brinde. Scrooge era o monstro da família. A menção do seu nome lançou uma sombra na festa, que demorou cinco minutos completos para se dissipar.

Depois que ela se foi, ficaram dez vezes mais felizes que antes, simplesmente aliviados que Scrooge, o Sinistro, não seria mais citado. Bob Cratchit contou-lhes que tinha um emprego à vista para o patrãozinho Peter, que traria – caso vingasse – mais cinco xelins e seis centavos por semana. Os dois jovens Cratchit gargalharam ao imaginar Peter como um homem de negócios; e o próprio Peter, envolto pelo seu colarinho, ficou olhando pensativo para o fogo, como se deliberasse quais investimentos faria quando pusesse suas mãos naquele surpreendente salário. Martha, que era uma pobre aprendiz em uma chapelaria, explicou-lhes então que tipo de trabalho ela fazia, quantas horas sem parar ela trabalhava e como estava planejando passar o dia seguinte inteiro deitada na cama, descansando, já que amanhã era feriado e ela ia ficar em casa. Também contou que tinha visto uma condessa e um lorde havia alguns dias e que o lorde "era quase da mesma altura que Peter", o que o fez levantar seu colarinho tão alto que seria impossível ver sua cabeça se você não estivesse do lado dele. Enquanto isso, as castanhas e o jarro passavam de mão em mão; em poucos instantes, o pequeno Tim começou a cantar – com uma vozinha melancólica, mas muito afinada – uma canção sobre uma criança perdida viajando na neve.

Não havia nada de especial em tudo isso. Não se tratava de uma família bonita; não estavam bem-vestidos; seus sapatos não eram à prova d'água; usavam roupas acanhadas; e Peter conhecia muito bem o interior de uma casa de penhores. Mas eles eram felizes, gratos, tinham muito prazer em estar juntos, e apreciavam aquela época; quando sua visão começou a desaparecer, pareciam ainda mais felizes graças ao reluzente salpicar da tocha do Espírito ao partir, e Scrooge não desgrudava os olhos deles, especialmente do pequeno Tim, até que finalmente sumiram.

A essa altura começava a anoitecer e nevar bastante; e enquanto Scrooge e o Espírito seguiam pelas ruas, o brilho das lareiras crepitando nas cozinhas, salas e todo tipo de cômodos, era maravilhoso. A um canto, o tremeluzir das chamas mostrava os preparativos de uma aconchegante ceia, com pratos quentes assando diante do fogo e as cortinas de um vermelho profundo prestes a serem fechadas para deixar o frio e a escuridão do lado de fora. Logo além, as crianças da casa corriam na neve para serem as primeiras a dar as boas-vindas a suas irmãs casadas, aos irmãos, primos, tios e tias. Por aqui, mais uma vez, as sombras dos convidados nas persianas reunindo-se; acolá, um grupo de lindas garotas com suas toucas e botas de pele, todas falando ao mesmo tempo, saltitando ligeiramente até a casa do vizinho; e coitado do homem solteiro que as visse entrar assim radiantes – pois as conhecia bem, com seus encantos cativantes.

A julgar pelo número de pessoas a caminho dessas reuniões amigáveis, poder-se-ia até pensar que ninguém estaria em casa para recebê-las quando lá chegassem, mas havia sempre alguém à sua espera com lenha empilhada até a metade da lareira. Que bênção, como o Fantasma estava exultante! Ele descobria seu peito e abria suas poderosas mãos, flutuando e lançando generosamente sua luminosa e inocente alegria em tudo ao seu alcance! Até mesmo o acendedor de lampiões, que seguia adiante deles, pontuando a rua sombria com pintinhas de luz, com trajes próprios para passar a noite em algum lugar, riu alto com a passagem do Espírito, sem saber que estava na companhia do Natal em pessoa!

Então, sem nenhum aviso do Fantasma, chegaram a um charco sombrio e deserto, onde jaziam enormes montes de pedras rudimentares, como se fossem túmulos de gigantes; a água espalhava-se por todo lugar – ou assim teria feito se o gelo não a tivesse aprisionado; e nada germinava ali além de musgo, tojo[20] e um tipo de capim grosseiro. A oeste, o sol poente deixara um traço vermelho-fogo que contemplava aquela desolação por um instante, como um olho sombrio, fechando-se aos poucos até se perder na tristeza profunda da escuridão da noite.

— Que lugar é esse? — perguntou Scrooge.

— O lugar onde moram os mineiros, que trabalham nas entranhas da terra — respondeu o Espírito. — Mas eles me conhecem. Olhe só!

Uma luz brilhava na janela de uma cabana, e os dois avançaram rapidamente até ela. Ao atravessarem a parede de barro e pedra, encontraram um animado grupo reunido ao redor de uma lareira acesa. Um homem muito, muito velho e uma mulher, com seus filhos e os filhos de seus filhos, e outra geração depois deles, estavam agrupados muito felizes em suas roupas de festa. O velho, em uma voz que nunca se elevava acima do uivar do vento sobre aquele deserto estéril, cantava uma canção

---

20 Espécie de arbusto com espinhos e flores amarelas. (N. do T.)

de Natal – que já era muito antiga quando ele era criança – e, vez ou outra, todos se juntavam a ele em coro. Assim que eles elevavam suas vozes, o velho homem tornava-se mais alegre e sonoro e, tão logo eles paravam, seu vigor diminuía novamente.

O Espírito não se demorou ali e, fazendo com que Scrooge segurasse seu roupão, passou por sobre o charco, seguindo... para onde? Para o mar? Sim. Horrorizado, Scrooge olhou para trás e viu o último pedaço de terra, uma temível cadeia de montanhas, passar por eles; e seus ouvidos ensurdeceram-se com o estrondo das ondas, rolando e rugindo, quebrando nas terríveis cavernas que ela havia esculpido, tentando ferozmente subjugar a terra.

Construído sobre um lúgubre recife de rochas escavadas, a alguns quilômetros da costa, golpeado o ano inteiro pelas águas, havia um solitário farol. Montes enormes de algas agarravam-se à sua base, e cucos – filhos do vento, poder-se-ia supor, assim como as algas eram filhas da água – erguiam-se e mergulhavam aos seus pés, como as ondas sobre as quais planavam.

Mas, mesmo ali, os dois homens que vigiavam o farol haviam acendido o fogo que, através da escotilha aberta na espessa parede de pedra, lançava um raio de luz sobre o tenebroso oceano. Apertando-se as mãos calejadas por sobre a rústica mesa à qual se sentavam, fizeram votos de feliz Natal, brindando com suas canecas de bebida; e o mais velho deles, com seu rosto marcado e ferido pelo tempo rigoroso – muito parecido com a carranca de um velho navio – iniciou uma enérgica canção que lembrava uma tempestade.

Mais uma vez o Fantasma levantou voo, sobre o mar

negro e agitado – mais além, mais além –, até que, muito longe de qualquer porto, disse ele para Scrooge, aterrissaram em um navio. Pararam ao lado do timoneiro no leme, do sentinela na proa e dos oficiais que estavam de vigia, vultos escuros e fantasmagóricos, cada qual em seu posto; mas cada um deles murmurava uma canção de Natal, tinha um pensamento festivo, ou falava baixinho ao colega sobre algum Natal passado, na esperança de recordar-se de como era participar das festas com a família. E todos os homens a bordo, acordados ou dormindo, bons ou maus, foram muito mais gentis uns com os outros nesse dia em comparação com os outros dias do ano, tendo participado de alguma forma de suas festividades, lembrando-se de todos aqueles a quem amavam à distância, sabendo que também se lembravam deles com carinho.

Enquanto ouvia os gemidos do vento e refletia sobre quão majestoso era mover-se através da escuridão solitária por sobre um abismo desconhecido, cujas profundezas eram tão misteriosas quanto a Morte, Scrooge foi surpreendido por uma gostosa gargalhada. E sua surpresa aumentou consideravelmente quando reconheceu ser a gargalhada do próprio sobrinho e percebeu que se encontrava em uma sala clara, seca e iluminada, com o Espírito sorrindo ao seu lado, olhando para seu sobrinho com apreço e afeição!

— Rá, rá! — ria o sobrinho de Scrooge. — Rá, rá, rá!

Se por algum acaso improvável, você já teve a oportunidade de conhecer um homem capaz de dar uma gargalhada tão afortunada quanto a do sobrinho de Scrooge, tudo que posso dizer é que gostaria de conhecê-lo também. Apresente-me a ele e manterei sua amizade.

Deve haver algum equilíbrio perfeito e nobre nas coisas deste mundo, pois, apesar de haver doenças e dores transmissíveis, não há nada mais irresistivelmente contagioso que a risada e o bom humor. Quando o sobrinho de Scrooge ria daquela forma, com as mãos na cintura, balançando a cabeça e contorcendo o rosto nas mais extravagantes caretas, a sobrinha de Scrooge – por casamento – começava a rir com tanto entusiasmo quanto ele. E seus amigos reunidos não ficavam atrás e berravam descontrolados.

— Rá, rá! Rá, rá, rá, rá!

— Ele disse que o Natal era uma bobagem, palavra de honra! — exclamou o sobrinho de Scrooge. — E ele realmente pensa assim!

— Mais um motivo para ele se envergonhar, Fred! — disse a sobrinha de Scrooge, indignada. Benditas mulheres, que nunca fazem nada pela metade. São sempre extremamente sinceras.

Ela era muito bonita, extremamente bonita. Tinha um ar surpreso e um rosto com covinhas; uma boquinha perfeita, que parecia ter sido feita para ser beijada – e com certeza, era; todos os tipos de pintinhas adoráveis ao redor do queixo, que pareciam se fundir quando ela ria; e os olhos mais radiantes que já se viu em uma criatura. O conjunto era o que se chamaria de provocante, mas muito aprazível. Ah, perfeitamente aprazível.

— Ele é um velho muito engraçado — dizia o sobrinho de Scrooge —, essa é a verdade, embora ele não seja tão simpático quanto poderia ser. No entanto, suas ofensas acabam voltando-se para ele mesmo, e não tenho nada a dizer contra ele.

— Mas ele é tão rico, Fred — retrucou a sobrinha de Scrooge. — Pelo menos é o que você sempre me diz.

— E daí, minha querida? — disse o sobrinho de Scrooge.
— Sua riqueza não lhe serve para nada. Ele não tira nenhum proveito dela. Ele não torna sua vida mais confortável com ela. Nem sequer pensa em - rá, rá, rá - tornar NOSSA vida melhor com ela.

— Não tenho paciência com ele — comentou a sobrinha de Scrooge. As irmãs da sobrinha de Scrooge, e todas as outras damas, concordaram com ela.

— Ah, eu tenho! — disse o sobrinho de Scrooge. — Tenho pena dele. Não conseguiria ficar com raiva dele nem que quisesse. Quem sofre com seus caprichos doentios? Ele mesmo, sempre. Ele botou na cabeça que não gosta de nós e recusa-se a vir cear conosco. E qual a consequência? Não perdeu grande coisa.

— Na verdade, acho que ele perdeu um excelente jantar — interrompeu a sobrinha de Scrooge. Todos concordaram, e pode-se dizer que eram juízes muito competentes, já que tinham acabado de jantar e, com a sobremesa servida, reuniam-se ao redor da lareira, à luz do lampião.

— Bom, fico feliz de ouvir isso — disse o sobrinho de Scrooge — porque não confio tanto assim nessas jovens criadas. O que tem a me dizer, Topper?

Topper claramente estava de olho em uma das irmãs da sobrinha de Scrooge, pois aproveitou para responder que um solteiro é uma pessoa inadequada para ter opinião sobre esse assunto. Ao ouvi-lo, a irmã da sobrinha de Scrooge - aquela cheinha com o colarinho de renda, e não aquela com as rosas - enrubesceu.

— Continue, Fred — disse a sobrinha de Scrooge, batendo palmas. — Ele nunca termina o que começa a dizer! É um sujeito tão engraçado.

O sobrinho de Scrooge deleitou-se com outra gargalhada, e era impossível não ser contagiado por ela; apesar de a irmã cheinha tentar ficar séria inalando seus sais aromáticos, todos começaram a rir junto com ele.

— Apenas ia dizer — disse finalmente o sobrinho de Scrooge — que a única consequência de ele não gostar de nós e não querer festejar conosco é, penso eu, que ele perde alguns momentos de prazer, que não lhe fariam mal nenhum. Tenho certeza de que também perde companhias muito mais agradáveis do que aquelas que encontra em seus próprios pensamentos, seja no seu velho e mofado escritório, seja nos seus aposentos empoeirados. Todos os anos, tento oferecer-lhe uma nova oportunidade de ficar conosco, quer ele goste, quer não, pois tenho pena dele. Ele pode ralhar do Natal até morrer, mas vou desafiá-lo a pensar melhor no assunto, com muito bom humor, ano após ano, dizendo-lhe "Tio Scrooge, como vai o senhor?". Se isso servir para que ele deixe de herança ao menos cinquenta libras para seu pobre funcionário, já é alguma coisa; e acredito tê-lo comovido ontem.

Foi a vez de todos caírem na risada, pois não podiam imaginar Scrooge comovido. Mas, como tinham bom caráter e sem se importar muito com o motivo de seus risos – desde que continuassem a rir –, Fred encorajou-os a continuar, passando a garrafa com alegria.

Depois do chá, cantaram um pouco. Pois eram uma

família musical e, por cantar em um coral, sabiam muito bem como fazê-lo, posso garantir-lhes – especialmente Topper, que sabia usar sua voz de baixo como ninguém, sem nunca dilatar as largas veias em sua testa, nem ficar completamente vermelho. A sobrinha de Scrooge dedilhava muito bem a harpa e tocou, entre outras coisas, uma pequena melodia (algo bem simples, que você poderia aprender a assobiar em dois minutos) que era muito conhecida da criança que fora buscar Scrooge no internato, que há bem pouco o Fantasma dos Natais Passados lhe fizera recordar. Enquanto essa melodia soava, todas as coisas que o Fantasma lhe mostrara voltaram-lhe à mente; ele se emocionava mais e mais; e imaginou que, caso tivesse ouvido aquela cantiga mais vezes, anos atrás, poderia ter cultivado, com suas próprias mãos, mais gentileza em sua vida, para sua própria felicidade, sem ter que recorrer à pá do sacristão, com a qual enterrara Jacob Marley.

Mas eles não dedicaram toda a noite à música. Logo depois, passaram às brincadeiras, pois é bom ser criança às vezes, especialmente no Natal, quando o Todo-Poderoso também era uma criança. Todos a postos! O primeiro jogo, obviamente, foi a cabra-cega. Mas não posso acreditar que Topper estava realmente vendado, já que suas botas pareciam levá-lo sempre ao lugar certo. Sou da opinião que ele tinha algo combinado com o sobrinho de Scrooge, e que o Fantasma do Natal Presente sabia de tudo. A forma como ele correu atrás daquela irmã cheinha com o colarinho de renda era um insulto à inocência humana. Derrubando os atiçadores da lareira, tropeçando nas cadeiras, esbarrando no piano, enrolando-se nas cortinas; aonde ela ia, lá estava ele!

Ele sempre sabia onde a irmã cheinha estava. Não ia atrás de mais ninguém. Se você tropeçasse nele de propósito (o que alguns deles fizeram), ele fingiria tentar agarrá-lo – de uma forma tão terrível que era uma afronta à inteligência de qualquer um – para, logo depois, desviar-se para os lados da irmã cheinha. Ela gritou várias vezes que aquilo não era justo, e realmente não era. Mas quando, finalmente, ele a pegou; quando, apesar de todo o farfalhar de sedas e de suas ligeiras escapulidas, ele encurralou-a em um canto de onde não havia como fugir, seu comportamento foi extremamente reprovável. Pois ele fingiu não saber quem ela era, fingiu ser necessário tocar sua touca e, para ter certeza de sua identidade, teve que tocar certo anel em seu dedo e um certo colar em seu pescoço; que vil e monstruoso! Sem dúvida ela contou-lhe o que pensava sobre o assunto quando, com outra cabra-cega tomou seu lugar, eles se puseram a conversar intimamente atrás das cortinas.

    A sobrinha de Scrooge foi um dos que não participaram da brincadeira, ficando confortavelmente sentada em uma cômoda poltrona, com os pés em um banquinho, a um canto aconchegante, com o Fantasma e Scrooge logo atrás dela. Acabou juntando-se ao grupo para jogar habilmente em uma brincadeira com as letras do alfabeto. Também se deu muito bem no jogo de adivinhação – para a alegria oculta do sobrinho de Scrooge – derrotando suas irmãs com facilidade, mesmo elas sendo muito inteligentes, como Topper poderia lhes confirmar. Deveria haver vinte pessoas ali, jovens e velhas, mas todos brincavam, assim como o próprio Scrooge; pois, de tão entretido que estava no que acontecia, esquecera completamente que ninguém podia ouvi-lo e, por vezes, gritava muito alto suas respostas, acertando frequentemente; pois mesmo a mais afiada das agulhas não era mais afiada que Scrooge, e não só quando ele queria ser por demais sincero.

O Fantasma ficou muito satisfeito em vê-lo com tão bom humor, olhando-o com tanta simpatia que Scrooge, feito criança, acabou pedindo para ficar até que todos os convidados partissem. Mas o Espírito disse-lhe que não poderia fazê-lo.

— Vai começar uma nova brincadeira — disse Scrooge.
— Mais meia hora, Espírito, só meia hora!

O jogo era chamado Sim e Não – o sobrinho de Scrooge tinha que pensar em algo e os outros tinham que adivinhar o que era, fazendo perguntas cuja resposta só podia ser sim ou não, conforme o caso. A vívida chuvarada de perguntas a que foi exposto mostraram que ele pensara em um animal, um animal vivo, bastante desagradável, um animal selvagem, um animal que urrava e, às vezes resmungava, às vezes falava, que morava em Londres, perambulava pelas ruas, não participava de nenhum espetáculo, não era guiado por ninguém, não morava em um zoológico, nunca foi morto para ser vendido na feira, não era um cavalo, nem um burro, nem uma vaca, nem um búfalo, nem um tigre, nem um cachorro, nem um porco, nem um gato, nem um urso. A cada nova pergunta que lhe faziam, o sobrinho irrompia em uma nova gargalhada; e ria tanto que, a certa altura, viu-se obrigado a levantar-se do sofá e começar a bater o pé no chão. Finalmente, a irmã cheinha, começando a rir tanto quanto ele, gritou:

— Descobri! Eu sei o que é, Fred! Já sei o que é!

— E o que é? — berrou Fred.

— É o seu tio Scroooooge!

E ela acertou em cheio. Todos ficaram admirados, apesar de alguém ter apontado que a resposta à pergunta "É um urso?" deveria ter sido "Sim", porque a resposta negativa foi o suficiente para desviar seus pensamentos do Sr. Scrooge, caso já tivessem pensado nele.

— Ele nos trouxe muita diversão, tenho certeza — disse Fred —, e seria muita ingratidão nossa não beber à sua saúde. Temos aqui quentão, pronto para beber; brindemos então à saúde do tio Scrooge!

— Muito bem. À saúde do tio Scrooge — gritaram todos.

— Um feliz Natal e um feliz Ano Novo para o velhote, seja como for! — disse o sobrinho de Scrooge. — Mesmo não aceitando meu brinde, vai tê-lo: ao tio Scrooge!

Sem dar-se conta, o tio Scrooge havia ficado tão feliz e com o coração tão leve que, caso o Fantasma lhe desse tempo, teria retribuído o brinde e agradecido a todos fazendo um discurso inaudível. Mas toda a cena desapareceu quando a última palavra do sobrinho foi proferida, e tanto ele quanto o Espírito retomaram suas viagens.

Muito viram, indo muito longe, e visitaram muitas casas, sempre com um final feliz. O Espírito parou ao lado dos leitos dos doentes e todos se animaram; em terras estrangeiras, e todos sentiram-se em casa; junto a homens em dificuldades, e suas esperanças foram renovadas; próximo à pobreza, tornando-a rica. Foram a albergues, hospitais, prisões; o Espírito deixou sua bênção – ensinando a Scrooge seus preceitos – em todos os refúgios da miséria, onde a presunção dos homens, tomados por sua frágil autoridade, não tivessem lhes trancado a porta, impedindo sua entrada.

Foi uma longa noite, se é que foi apenas uma; pois Scrooge duvidava disso, já que as festas de fim de ano pareciam ter sido condensadas no espaço de tempo que passaram juntos. Também era estranho que, enquanto Scrooge permanecia inalterado, o Fantasma envelhecia, e muito. Scrooge percebera essa mudança, mas não comentara nada, até o momento em que saíam de uma festa infantil do Dia de Reis e ele notou, olhando para o Espírito enquanto estavam juntos ao ar livre, que seus cabelos estavam brancos.

— As vidas dos espíritos são tão curtas assim? — perguntou Scrooge.

— Minha vida neste planeta é muito breve — respondeu o Fantasma. — Ela termina nesta noite.

— Esta noite! — exclamou Scrooge.

— À meia-noite. Ouça! Nosso tempo está acabando.

Os sinos batiam quinze para a meia-noite naquele exato momento.

— Perdoe-me se parece não ter sentido lhe perguntar isso — disse Scrooge, olhando atentamente para o roupão do Espírito —, mas estou vendo algo estranho, que não pertence ao seu corpo, saindo de suas vestes. É um pé ou uma garra?

— Poderia ser uma garra, já que está coberta de carne — foi a resposta triste do Espírito. — Olhe aqui.

Das dobras do seu roupão, retirou duas crianças miseráveis, abjetas, medonhas, hediondas e horríveis. Elas ajoelharam-se aos seus pés, agarrando suas vestes.

— Olhe, Homem! Olhe aqui. Bem aqui embaixo! — exclamou o Fantasma.

Eram um garoto e uma garota. Amarelados, magricelos, esfarrapados, carrancudos, cruéis; mas prostravam-se, humilhados. Onde a graça da infância deveria ter preenchido seus traços, colorindo-os com os tons mais suaves, a mão envelhecida e enrugada da idade os beliscara e contorcera, transformando-os em farrapos. Onde os anjos deveriam ter sido entronizados, havia demônios à espreita, com seus olhares ameaçadores. Por todos os mistérios da maravilhosa criação, nenhuma mudança, degradação ou perversão humana, em nenhum grau, teria dado origem a monstros tão horríveis e assustadores.

Scrooge recuou, horrorizado. Mesmo tendo sido apresentado a elas tão subitamente, tentou dizer que eram belas crianças, mas as palavras engasgaram-se em sua boca, recusando-se a participar de uma mentira de tal magnitude.

— Espírito! São suas crianças? — foi tudo o que Scrooge pôde dizer.

— São filhos dos Homens — disse o Espírito, olhando para elas. — E elas agarram-se a mim, fugindo de seus pais. O garoto é a Ignorância. A menina, a Necessidade. Muito cuidado com ambos, mas especialmente com o garoto, pois em sua testa, a menos que alguém a apague, estará sempre escrita a palavra Ruína. Renegue-a! — gritou o Espírito, estendendo sua mão em direção à cidade. — Afaste-se daqueles que a professam. Caso a aceite, pensando em seus interesses conflituosos, tornará tudo ainda pior. E aguarde seu fim!

— Eles não têm para onde ir ou quem os ajude? — perguntou Scrooge.

— Não há prisões? Não há Casas de Detenção? — disse o Espírito, usando, pela última vez, suas próprias palavras contra ele.

O sino bateu a meia-noite.

Scrooge olhou ao redor, procurando pelo Fantasma, mas não o viu mais. E, assim que a última badalada soou, lembrou-se do que lhe dissera o velho Jacob Marley e, erguendo os olhos, viu um cerimonioso Fantasma, com vestes drapeadas e um capuz, aproximando-se dele como uma névoa pairando sobre o chão.

CAPÍTULO 4

O ÚLTIMO DOS ESPÍRITOS

O Fantasma aproximou-se devagar, sério e silencioso. Quando chegou perto dele, Scrooge ajoelhou-se, pois o ar ao redor de onde o Espírito se movia parecia espalhar escuridão e incompreensão.

Estava envolto em uma roupa preta, que ocultava sua cabeça, seu rosto e seu corpo, deixando à mostra apenas uma mão estendida. Se não fosse a mão, seria difícil distinguir sua figura do breu da noite, separando-a da escuridão que a circundava.

Ao chegar ao seu lado, Scrooge notou que era um vulto alto e imponente, e que sua presença misteriosa enchia-lhe de pavor. Não conseguiu perceber mais nada, pois o Espírito não falava nem se movia.

— Estou na presença do Fantasma dos Natais Futuros? — perguntou Scrooge.

O Espírito não respondeu, apenas apontando adiante com a mão.

— Você vai me mostrar as sombras daquilo que ainda não aconteceu, mas que acontecerá no futuro — Scrooge continuou. — É isso, não é, Espírito?

A parte de cima da sua roupa contraiu-se por um instante,

como se o Espírito tivesse inclinado a cabeça. Essa foi a única resposta que ele recebeu.

Apesar de já estar, a essa altura, acostumado à companhia de fantasmas, Scrooge ficou com tanto medo daquela figura silenciosa que suas pernas tremiam sem controle, e descobriu que mal conseguia se pôr de pé quando preparava-se para segui-la. O Espírito parou por um instante, como se observasse sua condição, dando-lhe tempo para se recuperar.

Mas Scrooge ficou ainda pior depois disso. Só de saber que, por trás daquela mortalha sombria havia olhos fantasmagóricos a observá-lo, sentia um terror até então desconhecido e, por mais que se esforçasse, não podia ver nada além de uma mão espectral e um monte de escuridão.

— Fantasma do Futuro! — exclamou ele. — Você me assusta mais do que qualquer outro espectro que tenha visto. Mas como sei que seu objetivo é me fazer o bem e, como espero viver o suficiente para tornar-me um homem diferente do que era, estou preparado para acompanhá-lo, fazendo-o com muita gratidão. Não poderia falar comigo?

Ele não respondeu. A mão apontou adiante, outra vez.

— Vá na frente! — disse Scrooge. — Vá na frente! A noite está acabando rapidamente e o tempo é precioso para mim, eu sei. Vá na frente, Espírito!

O Fantasma moveu-se da mesma forma como havia chegado. Scrooge seguiu a sombra de sua roupa e teve a sensação que ela o levantou, carregando-o consigo.

Pareceu-lhe que, em vez de entrarem na cidade, foi ela

que veio até eles e os envolveu. Pois ali estavam, bem no coração de Londres, na Bolsa de Valores, entre os corretores, que corriam para todo lado, fazendo soar as moedas em seus bolsos, conversando em grupos, olhando em seus relógios, brincando atentamente com seus grandes sinetes de ouro; tudo exatamente como Scrooge estava acostumado a ver.

O Espírito parou ao lado de um dos pequenos grupos. Ao perceber que sua mão apontava para eles, Scrooge aproximou-se para ouvir sua conversa.

— Não — disse um enorme homem gordo, com um queixo monstruoso. — De qualquer forma, não sei exatamente o que aconteceu. Sei apenas que ele está morto.

— Quando ele morreu? — perguntou outro deles.

— Ontem à noite, acho.

— Por quê? Que problema ele tinha? — perguntou um terceiro homem, tirando uma grande quantidade de rapé de um estojo enorme. — Achei que ele nunca morreria.

— Deus é quem sabe — disse o primeiro, bocejando.

— E o que foi feito do seu dinheiro? — perguntou um cavalheiro de rosto vermelho com uma verruga pendurada na ponta do nariz, que balançava como a papada de um peru.

— Não sei dizer — disse o homem com o queixo monstruoso, bocejando mais uma vez. — Deve ter deixado tudo para a empresa, talvez. Para mim, não deixou nada. É tudo que sei.

Todos gargalharam ao ouvir tal piada.

— Provavelmente será um funeral bastante chinfrim

— continuou o mesmo homem —, pois aposto pela minha vida que ninguém estará presente. Que tal formarmos um grupo para ir até lá?

— Não me importo de ir, contanto que me paguem o almoço — comentou o cavalheiro com a verruga no nariz. — Se devo ir, que me alimentem.

Outra gargalhada.

— Bom, devo ser o que menos tem interesse entre todos vocês, afinal — disse o primeiro a falar —, pois nunca uso luvas pretas e nem sequer almoço. Mas estou disposto a ir, contanto que alguém vá comigo. Pensando bem, pode até ser que eu fosse seu melhor amigo, já que costumávamos trocar algumas palavras sempre que nos cruzávamos. Adeus, cavalheiros!

Todos se dispersaram, misturando-se a outros grupos. Scrooge conhecia todos eles, e olhou para o Espírito, em busca de uma explicação.

O Fantasma deslizou para a rua. Seu dedo apontou para duas pessoas reunidas. Scrooge ficou à espreita, achando que a explicação estaria ali.

Ele também conhecia perfeitamente esses dois homens. Eram homens de negócios, muito ricos e importantes. Scrooge sempre se esforçara para ter boas relações com eles, relações de negócios, obviamente.

— Como vai você? — disse um.

— Como vai você? — respondeu o outro.

— Muito bem! — disse o primeiro. — O velho diabo finalmente teve o que merecia, não é?

— Foi o que ouvi — retrucou o outro. — Está frio, não acha?

— Próprio para a época de Natal. Você não vai aproveitar para patinar, espero.

— Não, não. Tenho mais o que fazer. Tenha um bom dia!

Nem mais uma palavra. Essa foi toda a reunião, a conversa e a partida.

A princípio, Scrooge ficou surpreso que o Espírito desse tanta importância a conversas aparentemente tão triviais; mas, com a certeza de que elas tinham algum propósito oculto, começou a refletir qual seria. Dificilmente teriam alguma relação com a morte de Jacob, seu antigo sócio, pois ela pertencia ao Passado e a especialidade deste Fantasma era o Futuro. E, por mais que pensasse, também não conseguia pensar em nenhuma relação imediata com algum conhecido seu. No entanto, quem quer que fosse o morto, haveria, sem dúvida nenhuma, algum ensinamento moral aplicado àquela pessoa que lhe ajudaria a melhorar; então, decidiu valorizar cada palavra que ouvia, e tudo que via; e, em particular, pretendia observar muito bem sua própria sombra quando ela aparecesse, pois esperava que a atitude do seu futuro eu o auxiliasse a solucionar facilmente esses enigmas.

Olhou ao redor à procura de sua própria imagem, mas outro homem estava no local onde ele costumava ficar e, apesar de o relógio apontar para o horário em que ali estaria, não viu ninguém parecido com ele entre as inúmeras pessoas que passavam pela entrada. Não se surpreendeu muito, no entanto, pois já estava decidido a mudar de vida e, devido à sua ausência naquele local, acreditava que seus planos recentes tivessem sido realizados.

Silencioso e sombrio, pairava ao seu lado o Fantasma, com sua mão estendida. Quando Scrooge, depois de muito meditar, voltou a si, percebeu, pela mão que passara a apontar para ele, que os Olhos Invisíveis estavam fixos nele. Foi, então, tomado por uma sensação de frio e seu corpo estremeceu por completo.

Deixaram aquela cena agitada e foram para uma parte obscura da cidade, onde Scrooge nunca colocara os pés antes, apesar de saber onde estava e conhecer a má reputação do lugar. As ruas eram imundas e estreitas; as lojas e casas, deploráveis; as pessoas, esfarrapadas, bêbadas, desleixadas e feias. Vielas e arcadas, tal qual latrinas, expeliam suas injúrias fétidas, suas sujeiras e restos, nas áreas ermas, e todo o bairro cheirava a crime, imundície e miséria.

Nas profundezas desse infame refúgio havia, sob um teto baixo e vulnerável, um típico ferro-velho, que vendia, além do próprio metal, trapos usados, garrafas, ossos e vísceras de carne. Espalhadas pelo chão, havia pilhas de coisas enferrujadas, como chaves, pregos, correntes, dobradiças, arquivos, balanças, pesos e todo tipo de refugo metálico. Mistérios que poucos gostariam de vasculhar escondiam-se copiosamente nas montanhas de trapos indecentes, amontoados de sebo estragado e mausoléus de ossos. Sentado em meio a suas mercadorias – ao lado de um fogareiro a carvão feito de tijolos velhos – um velhaco de cabelos brancos, com quase setenta anos, protegia-se do vento frio atrás de uma fétida cortina de farrapos pendurada em uma corda, enquanto fumava seu cachimbo tranquilamente.

Scrooge e o Fantasma aproximaram-se do homem no exato instante em que uma mulher com um pesado pacote esgueirava-se na loja. Mal ela entrara e outra mulher, com um pacote parecido, surgia logo atrás, sendo seguida de perto por um homem com uma roupa preta desbotada, que ficou tão surpreso ao vê-las quanto elas ficaram ao avistarem-se. Depois de alguns momentos de espanto, durante os quais o velhote com o cachimbo se aproximou, os três caíram na gargalhada.

— Pode atender a faxineira primeiro! — exclamou a mulher que chegara antes. — Depois pode atender a lavadeira e, por fim, o agente funerário. Que coincidência, velho Joe! Nós três aqui ao mesmo tempo, sem termos combinado!

— Não poderiam ter se encontrado em melhor lugar — disse o velho Joe, retirando o cachimbo da boca. — Venham para a sala. Você já é de casa, e vocês dois também não são estranhos. Só um momento até eu fechar a porta da loja. Ah, como range! Acredito que não haja nada mais enferrujado em toda a loja do que suas próprias dobradiças, e tampouco ossos mais velhos do que os meus. Rá, rá! Somos uma combinação perfeita para os negócios. Venham para a sala. Venham para a sala.

A tal sala era o espaço logo atrás da cortina de farrapos. O velhote amontoou o resto do fogo com um pedaço de corrimão velho, ajustou o lampião (já que era de noite) com o cabo do cachimbo e recolocou-o na boca.

Enquanto isso, a mulher que tinha falado jogou seu pacote no chão e sentou-se, toda desleixada, em um banquinho, cruzando os cotovelos sobre os joelhos e lançando um olhar desafiador aos outros dois.

— Qual é o problema, então? Qual é o problema, Sra. Dilber? — disse ela. — Todo mundo tem o direito de cuidar de si mesmo. Foi o que ele sempre fez.

— Realmente, é verdade! — disse a lavadeira. — Mais do que ninguém.

— Então, por que você está parada aí me olhando como se estivesse com medo, mulher? Ninguém aqui é santo. O roto não pode falar mal do rasgado, não é?

— É certo que não! — disseram a Sra. Dilber e o homem ao mesmo tempo. — Esperemos que não.

— Muito bem, então! — exclamou a mulher. — Já chega. Quem sentirá falta dessas poucas coisas, afinal? Um homem morto é que não, imagino.

— É certo que não — disse a Sra. Dilber, rindo.

— Se aquele velho maldito queria guardar essas coisas depois de morto — continuou a mulher —, por que não agiu como uma pessoa normal quando estava vivo? Se o tivesse feito, teria alguém para cuidar de suas coisas quando a Morte o levou, e não daria seu último suspiro completamente sozinho.

— Você nunca disse nada mais verdadeiro — disse a Sra. Dilber. — Foi um belo castigo.

— Quem dera tivesse sofrido um castigo muito maior — respondeu a mulher — e assim teria sido, podem ter certeza, se eu conseguisse pegar mais alguma coisa. Abra esse pacote, velho Joe, e diga-me o quanto vale. Fale com toda a franqueza. Não tenho medo de ser a primeira, muito menos que eles vejam o que peguei. Acredito que todos saibamos que agarramos o que foi possível antes de chegarmos aqui. Não é nenhum pecado. Abra o pacote, Joe.

    Mas a gentileza de seus amigos não permitiu que se fizesse isso; e o homem com vestes desbotadas, colocando-se à frente, mostrou o que pilhara. Não era muito. Um ou dois sinetes, um estojo de lápis, um par de abotoaduras e um broche sem valor, nada mais. Tudo foi examinado e avaliado cuidadosamente pelo velho Joe que, com um pedaço de giz, anotava o valor que pretendia pagar por cada item, somando o total quando percebeu que não havia mais nada a acrescentar.

    — É isso que posso lhe oferecer — disse Joe — e nem que me fervesse vivo lhe daria um mísero centavo a mais. Quem é o próximo?

    A Sra. Dilber foi a próxima. Lençóis e toalhas, algumas roupas usadas, duas colheres de chá antigas de prata, pinças para cubinhos de açúcar e alguns pares de botas. Sua conta foi igualmente para a parede.

    — Sempre ofereço dinheiro demais para as damas. É uma fraqueza minha e é assim que vou à ruína — disse o velho Joe. — Esse é o seu montante. Se me pedir mais um centavo à vista de todos, vou me arrepender de ser tão liberal e baixar o valor em meia coroa.

    — Agora abra o meu pacote, Joe — disse a primeira mulher.

    Joe ajoelhou-se para abri-lo com mais facilidade e, depois de desatar inúmeros nós, tirou de dentro um pesado rolo contendo algo escuro.

— O que é isso? — disse Joe. — Cortinas de cama!

— Ah! — retrucou a mulher, rindo e apoiando-se nos braços cruzados. — Cortinas de cama!

— Isso quer dizer que você arrancou as cortinas da cama dele, com argolas e tudo, enquanto ele jazia ali? — perguntou Joe.

— Sim — respondeu a mulher. — Por que não?

— Você nasceu para fazer fortuna — disse Joe — e certamente o fará.

— Não vou ficar de mãos atadas quando algo estiver ao alcance delas, ainda mais à custa de homens como aquele; quanto a isso pode ter certeza, Joe — respondeu a mulher friamente. — Atenção para não derrubar óleo nesses cobertores!

— Os cobertores dele? — perguntou Joe.

— De quem mais seriam? — retrucou a mulher. — Ouso dizer que ele não ficará mais resfriado sem eles.

— Só espero que ele não tenha morrido de algo contagioso — disse o velho Joe, parando seu trabalho e olhando para ela.

— Não precisa ter medo disso — disse a mulher. — Não gostava tanto assim da companhia dele a ponto de arriscar minha pele por essas bugigangas, se fosse esse o caso. Ah! Pode procurar o quanto quiser até seus olhos doerem, mas você não vai achar nem buraco nem nenhuma parte surrada nessa camisa. Era a melhor que ele tinha, coisa fina. Teria ido para o lixo se não fosse por mim.

— Como assim, para o lixo? — perguntou o velho Joe.

— Teriam-no enterrado com ela, pode ter certeza — respondeu a mulher, soltando uma gargalhada. — Alguém já tinha sido tolo o bastante para vesti-lo com ela, mas eu o troquei. Se um pano de chita não presta para esse fim, então não presta para nada. É mais do que adequado para o defunto. Ele não poderia ficar mais feio do que com essa que você está segurando.

Scrooge ouvia esse diálogo horrorizado. Enquanto eles sentavam-se ao redor de seus despojos, à luz fraca do lampião do velho, ele os observava com tamanha repulsa e desgosto que dificilmente os odiaria mais caso fossem demônios sórdidos negociando o corpo do morto.

— Rá, rá! — gargalhou mais uma vez a mulher quando o velho Joe pegou uma bolsinha de flanela e começou a contar os ganhos de cada um no chão diante deles. — E isso é tudo, vejam só! Ele afastou todo mundo quando estava vivo para que nós tivéssemos lucro quando morresse! Rá, rá, rá!

— Espírito! — disse Scrooge, tremendo da cabeça aos pés. — Já entendi, já entendi. O caso desse infeliz poderia ser o meu próprio. Do jeito que está, minha vida segue pelo mesmo caminho. Meu Deus, o que é isso?

Tomado pelo terror com a mudança de cena, ele deu um passo para trás e quase esbarrou em uma cama, uma cama sem cortinas, onde, coberto com um lençol esfarrapado, havia algo que, mesmo em silêncio, denunciava sua terrível presença.

O quarto estava muito escuro, escuro demais para que se visse qualquer coisa com nitidez, mas, mesmo assim, tomado por algum impulso misterioso, Scrooge olhou ao redor, ansioso para saber de quem era aquele aposento. Uma luz fraca, vinda do lado de fora, recaía sobre a cama; nela, solitário e desamparado, sem ninguém para velar, chorar ou cuidar dele, jazia o corpo daquele homem.

Scrooge olhou para o Fantasma. Sua mão firme apontava para a cabeça do morto. A coberta fora colocada de forma tão desleixada sobre o corpo que bastava um leve movimento do dedo de Scrooge para erguê-la e revelar-lhe o rosto. Ele já havia percebido isso e ansiava por fazê-lo, mas não encontrava forças para erguer o véu, da mesma forma como não conseguiria expulsar o espectro ao seu lado.

Ó fria, fria, rígida e terrível Morte, erga aqui o teu altar, e veste-o com os terrores que tens ao teu comando, pois este é o teu domínio! Mas, de uma cabeça amada, reverenciada e honrada, não podes tocar num fio de cabelo sequer para teus terríveis propósitos, nem tornar odiosas suas feições. Não basta que a mão pese e caia ao ser solta, nem que o coração e o pulso estejam imóveis; mas que aquela tenha sido aberta, generosa e verdadeira; que o coração tenha sido corajoso, afetuoso e terno; e que o pulso tenha sido humano. Bata, Sombra, bata à vontade! E da ferida verás jorrando suas boas ações, semeando o mundo com a imortalidade!

Nenhuma voz pronunciou estas palavras nos ouvidos de Scrooge, mas ele as ouviu assim que botou os olhos naquela cama. Pensou então que se esse homem pudesse se levantar nesse exato instante, quais seriam suas preocupações primordiais? Avareza, intolerância, cobiça? Elas realmente conduziram-no a um rico final!

Jazia ele agora naquela casa escura e vazia, sem um homem, mulher ou criança para dizer-lhe o quão bom ele fora nisso ou naquilo, ou que cuidariam dele em retribuição a alguma palavra gentil. Enquanto pensava nisso, ouvia um gato arranhando a porta e o ruído de ratos roendo sob a lareira, e não conseguia compreender o que eles queriam naquele quarto de morte, nem por que estavam tão inquietos e perturbados.

— Espírito! — disse ele. — Este lugar é pavoroso. Acredite-me que, ao deixá-lo, não me esquecerei da lição aprendida. Vamos embora!

Mas o dedo do Fantasma continuava imóvel, apontando para a cabeça do morto.

— Entendo o que quer de mim — Scrooge respondeu — e o faria se pudesse. Mas não tenho coragem, Espírito. Não tenho forças para fazê-lo.

Mais uma vez, pareceu-lhe que ele o observava.

— Se há qualquer pessoa na cidade que se sinta comovida pela morte deste homem — disse Scrooge bastante angustiado — mostre-me essa pessoa, Espírito, imploro-lhe!

O Fantasma abriu seu roupão negro diante dele por um instante, tal qual uma asa; e, ao fechá-lo, revelou um quarto à luz do dia, onde encontravam-se uma mãe com seus filhos.

Ela esperava por alguém, ansiosamente, pois andava de um lado para o outro do quarto, assustando-se com cada ruído, olhando pela janela e espiando o relógio; tentava, em vão, distrair-se com suas agulhas e mal podia ouvir as vozes das crianças que brincavam.

Finalmente, a tão aguardada batida na porta foi ouvida. Ela correu para receber o marido, um homem cujo rosto mostrava sinais de depressão e cansaço, apesar de jovem. No entanto, agora havia algo de incomum no seu semblante; uma espécie de prazer austero que o envergonhava, que ele se esforçava para não sentir.

Sentou-se à mesa, perto do fogo, para o jantar que estava à sua espera; e, quando ela perguntou timidamente (apenas depois de um longo silêncio) que notícias tinha para dar, ele parecia constrangido demais para responder.

— Boas notícias? — disse ela, como que tentando ajudá-lo. — Ou más?

— Más — respondeu ele.

— Estamos completamente arruinados?

— Não. Ainda há esperanças, Caroline.

— Se ele tiver um pingo de compaixão — ela respondeu, surpresa —, claro que há! Nada será impossível se esse milagre acontecer.

— Ele não tem mais condições de sentir compaixão — disse seu marido. — Ele morreu.

Apesar de seu rosto mostrar uma criatura meiga e paciente, ela não pôde deixar de sentir certo alívio com essa notícia, o que admitiu em voz alta, juntando as mãos. No entanto, arrependeu-se logo depois, rogando perdão; mesmo assim, a primeira reação continuava sendo verdadeira.

— Então era a pura verdade o que aquela mulher meio bêbada que lhe contei ontem à noite me falou, quando tentei vê-lo para tentar mais uma semana de prazo; e cheguei a pensar que era uma simples desculpa para se livrar de mim. Então ele não só estava muito doente, como estava à beira da morte.

— Para quem nossa dívida será transferida?

— Não sei. Mas antes de isso acontecer, temos que estar com o dinheiro; e, apesar de ainda não termos a quantia, seria muito azar ter outro credor tão desalmado como sucessor. Mas hoje à noite poderemos dormir mais tranquilos, Caroline!

Sim. Podiam dizer o que quisessem, mas ficaram aliviados. Os rostos dos seus filhos, reunidos em silêncio à sua volta para ouvir o que mal compreendiam, estavam mais brilhantes; e toda a casa estava mais feliz por causa da morte daquele homem! A única emoção causada por aquele evento que o Fantasma pôde mostrar-lhe era a alegria.

— Mostre-me qualquer espécie de compaixão ligada à morte daquele homem, Espírito — disse Scrooge —, ou aqueles aposentos escuros que acabamos de deixar estarão sempre presentes na minha memória.

O Fantasma levou-o a inúmeras ruas familiares aos seus pés e, à medida que avançavam, Scrooge olhava para todos os cantos à espera de encontrar seu próprio eu, mas não conseguia enxergar-se em lugar nenhum. Entraram então na casa do coitado do Bob Cratchit, o mesmo casebre que tinham visitado antes, e encontraram sua mulher e filhos sentados ao redor do fogo.

Silêncio. Silêncio absoluto. Os pequenos e barulhentos Cratchit estavam imóveis como estátuas a um canto, sentados com os olhos fixos em Peter, que tinha um livro em mãos. A mãe e suas filhas estavam concentradas na costura. Mas todos, sem exceção, em completo silêncio!

— E tomando uma criança, colocou-a entre eles[21].

Onde Scrooge ouvira essas palavras? Não tinha sonhado com elas. O rapaz deve tê-las lido em algum lugar enquanto ele e o Espírito se aproximavam. Por que ele não continuou?

A mãe deixou sua costura sobre a mesa e esfregou o rosto com as mãos.

— Essa cor[22] me faz mal aos olhos — disse ela.

A cor? Ah, pobre do pequeno Tim!

— Já estão melhores — disse a esposa de Cratchit. — A luz do lampião é que me faz forçá-los; e não quero, por nada desse mundo, que seu pai me veja com os olhos avermelhados. Deve estar quase chegando.

— Já deveria ter chegado — respondeu Peter, fechando o livro. — Mas acho que ele tem andado mais devagar que de costume nesses últimos dias, mãe.

Ficaram em silêncio mais uma vez. Por fim ela disse, com uma voz animada e firme, que estremeceu uma única vez:

....

21 Capítulo 9, versículo 36 do Evangelho de São Marcos. (N. do T.)

22 O autor se refere à cor preta do luto, o que fica subentendido no parágrafo seguinte. (N. do T.)

— Muitas vezes vi-o... Muitas vezes vi-o andando com muita rapidez, com o pequeno Tim nos ombros.

— Eu também — exclamou Peter. — Várias vezes.

— Eu também — exclamou outro dos filhos. E, afinal, todos.

— Mas ele era tão leve — ela retomou, concentrada no seu trabalho — e o pai de vocês o amava tanto, que não era trabalho nenhum carregá-lo, trabalho nenhum. Aí está seu pai à porta!

Ela apressou-se para receber o pequeno Bob, que entrava enrolado em sua manta – tão necessária para ele, pobre coitado. O chá estava pronto à sua espera no fogareiro e todos tentaram seu melhor para servi-lo. Então, os dois jovens Cratchit subiram nos seus joelhos e encostaram suas faces no rosto do pai, como se dissessem: "Não se preocupe, papai. Não sofra tanto!"

Bob mostrou-se muito animado com todos e conversou agradavelmente com toda a família. Olhou a costura acima da mesa e elogiou a rapidez e o cuidado da Sra. Cratchit e das meninas. Acabariam bem antes do domingo, afirmou.

— Domingo! Então você foi hoje, Robert? — disse sua esposa.

— Sim, minha querida — respondeu Bob. — Gostaria que você também estivesse lá. Teria feito bem ver como o lugar está verde. Mas você o verá com frequência. Prometi-lhe que iria caminhar por lá um domingo desses. Meu filhinho! — exclamou Bob. — Meu pobre filhinho!

Ele desmoronou de uma vez só. Não pôde evitar. Se continuasse contendo as lágrimas, talvez acabasse se sentindo ainda mais distante do filho.

Saiu da sala e subiu para o quarto, que estava alegremente iluminado e decorado para o Natal. Havia uma cadeira ao lado da criança e sinais de que alguém estivera ali há pouco tempo. O pobre Bob sentou-se e, quando sentiu que estava um pouco mais restabelecido, beijou aquele rostinho. Conformado, voltou para a sala novamente, mais animado.

Eles se reuniram ao redor do fogo e conversaram; as meninas e a mãe continuavam a trabalhar. Bob falou-lhes da extraordinária bondade do sobrinho do Sr. Scrooge que, apesar de tê-lo visto uma única vez, reconheceu-o ao cruzar com ele na rua naquele fatídico dia e, percebendo que ele estava um pouco...

– "Um pouco abatido, é verdade", disse Bob –, perguntou-lhe o que tinha acontecido.

— E então — disse Bob —, como ele é o cavalheiro com a voz mais agradável que já ouvi, contei-lhe tudo. "Sinto muitíssimo em sabê-lo, Sr. Cratchit", disse ele, "tanto pelo senhor quanto por sua boa esposa." A propósito, não sei até agora como ele sabia disso.

— Disso o quê, meu querido?

— Ora, que você é uma boa esposa — respondeu Bob.

— Todo mundo sabe disso! — disse Peter.

— Muito bem observado, meu menino! — exclamou Bob. — Espero que saibam mesmo. "Sinto muitíssimo", disse ele, "por sua boa esposa. Se puder ajudá-lo de alguma forma", disse ele, dando-me seu cartão, "aqui está meu endereço. Por favor, pode me procurar." Agora, não foi — disse Bob — tanto por ele ter se oferecido para nos ajudar, mas mais por suas maneiras gentis, que senti tanto prazer em encontrá-lo. Parecia que ele conhecera nosso pequeno Tim, e sofria conosco.

— Tenho certeza de que tem uma boa alma! — disse a Sra. Cratchit.

— Teria ainda mais certeza, minha querida — retrucou Bob —, se o tivesse visto e falado com ele. Eu não ficaria nem um pouco surpreso - escrevam o que eu digo! — se ele conseguisse um emprego melhor para o Peter.

— Escute só isso, Peter — disse a Sra. Cratchit.

— E então — exclamou uma das meninas — Peter poderá conhecer alguém e começar a cuidar de si.

— Pare de besteiras! — retorquiu Peter, dando um sorrisinho.

— É bem provável — disse Bob — qualquer dia desses, mas ainda há muito tempo para que isso aconteça, minha querida. De qualquer forma, quando vocês tiverem que tomar seus próprios caminhos, tenho certeza de que nunca vão se esquecer do nosso pequeno Tim, e dessa primeira separação que tivemos de enfrentar juntos.

— Nunca, papai! — todos exclamaram juntos.

— E eu sei — disse Bob —, eu sei, meus queridos, que quando nos lembrarmos de como ele era paciente e meigo - mesmo sendo apenas uma criança - não discutiremos tão facilmente uns com os outros, seguindo seu exemplo.

— Não, nunca, papai! — exclamaram em uníssono mais uma vez.

— Estou muito feliz — disse o pequeno Bob —, estou muito feliz.

A Sra. Cratchit beijou-o, suas filhas beijaram-no, os dois

jovens Cratchit beijaram-no e Peter apertou-lhe a mão. Ó, Espírito do pequeno Tim, sua natureza pueril vinha realmente de Deus!

— Espectro — disse Scrooge —, algo me diz que a hora de nos separarmos se aproxima. Sinto isso, apesar de não saber como. Diga-me quem era o homem que vimos morto.

O Fantasma dos Natais Futuros conduziu-o como antes – mas para um tempo diferente, pensou ele; na verdade, parecia-lhe não haver nenhuma ordem nessas últimas visões, exceto que eram todas no Futuro – e, que eram todas em estabelecimentos comerciais, apesar de não mostrar seu eu futuro em nenhuma delas. Na verdade, o Espírito não ficava muito tempo em lugar nenhum, seguindo sem parar rumo a um final certo, até que Scrooge finalmente pediu-lhe que parasse por um momento.

— Neste pátio — disse Scrooge — que aqui está, é onde fica o meu escritório, já há um bom tempo. Posso ver o prédio. Deixe-me contemplar o que será feito de mim nos dias futuros!

O Espírito parou, mas sua mão apontou em outra direção.

— O prédio é acolá — Scrooge exclamou. — Por que aponta para o outro lado?

O dedo inflexível não se mexeu.

Scrooge correu para a janela do seu escritório, olhando para o interior. Ainda se tratava de um escritório, mas não era mais seu. A mobília era diferente e o homem na cadeira não era ele. O Fantasma continuou a apontar para o mesmo lugar.

Ele juntou-se ao fantasma novamente e, perguntando-se por que e para onde ele estava indo, seguiu-o até um portão de ferro. Parou por um instante para olhar ao redor antes de entrar.

Um cemitério. Aqui, então, jazia sob a terra aquele

homem miserável cujo nome ele ainda desconhecia. Era um lugar admirável. Cercado por prédios; tomado por mato e ervas daninhas, a vegetação da morte, e não da vida; estrangulado por túmulos demais; inchado pela superlotação. Um lugar admirável!

O Espírito parou entre os túmulos e apontou na direção de um deles. Scrooge aproximou-se dele, tremendo. O Fantasma permanecia o mesmo, mas sua figura solene parecia tomar novos significados, ainda mais assustadores.

— Antes de me aproximar da lápide que você me indica — disse Scrooge —, responda-me uma pergunta. Essas são sombras das coisas que vão acontecer, ou sombras das coisas que podem vir a acontecer, apenas?

Ainda assim, o Fantasma continuava a apontar para o túmulo ao seu lado.

— Os caminhos que os homens tomam anunciam seus próprios destinos e, caso teimem em continuá-los trilhando, a eles serão levados — disse Scrooge. — Mas, se decidirem desviar-se do caminho inicial, os destinos também mudarão. Diga-me que é isso que você quer me mostrar!

O Espírito continuou tão imóvel quanto antes.

Scrooge arrastou-se, tremendo, na direção da lápide; e, seguindo a direção apontada pelo dedo, leu sobre a pedra abandonada seu próprio nome, Ebenezer Scrooge.

— Sou eu aquele homem que jazia sobre a cama? — gritou ele, caindo de joelhos.

O dedo moveu-se para apontar em sua direção, voltando depois para a lápide.

— Não, Espírito! Ah, não! Não!

O dedo continuou imóvel.

— Espírito! — gritou ele, agarrando com força seu roupão.

— Ouça-me! Não sou mais o homem que era. Nunca mais serei o homem que fui depois de encontrá-lo. Por que me mostrar tudo isso, se não tenho mais esperanças?

Pela primeira vez, a mão pareceu estremecida.

— Bom Espírito — continuou ele, prostrando-se diante do fantasma. — Sua natureza intercederá por mim e mostrará sua compaixão. Dê-me garantias de que ainda posso mudar estas sombras que acaba de me mostrar ao mudar de vida!

A generosa mão estremeceu.

— Venerarei o Natal com todo o meu coração e cultivarei seu espírito por todo o ano. Viverei no Passado, no Presente e no Futuro. Os Três Espíritos exercerão sua presença em mim. Não calarei as lições que os três me ensinaram. Ah, diga-me que posso apagar as inscrições nesta pedra!

Desesperado, ele agarrou a mão espectral. Ela tentou libertar-se, mas Scrooge suplicava com toda sua força, detendo-a. O Espírito, com uma força ainda maior, o repeliu.

Erguendo suas mãos em uma última tentativa de ter seu destino alterado, ele viu uma mudança nas vestes e no capuz do Fantasma. Encolheram, ruíram e definharam até se tornarem o balaústre de uma cama.

CAPÍTULO 5

O FIM
DE TUDO

Sim! Tratava-se do balaústre de sua própria cama. Era não só sua cama, mas também seu quarto. E o melhor de tudo era que o Tempo diante dele também era o seu, pronto para corrigir todos os seus erros!

— Viverei no Passado, no Presente e no Futuro! — Scrooge repetiu, pulando da cama. — Os Três Espíritos exercerão sua presença sobre mim. Ah, Jacob Marley! Que o Céu e o Espírito de Natal sejam louvados! Digo isso de joelhos, velho Jacob, de joelhos!

Tremia tanto, radiante de boas intenções, que sua voz enfraquecida mal podia acompanhar o que sentia. Chorara violentamente ao confrontar o Espírito e seu rosto estava banhado em lágrimas.

— Elas não foram arrancadas — gritou Scrooge, abraçando uma das cortinas da cama —, não foram arrancadas, estão aqui, com argolas e tudo. Estão aqui – eu estou aqui –, as sombras das coisas que aconteceriam podem desaparecer. Elas desaparecerão! Sei que o farão!

Suas mãos apalpavam suas roupas, virando-as pelo avesso, remexendo-as, trocando-as de lugar, rasgando-as, fazendo todo tipo de extravagâncias com elas.

— Não sei o que fazer! — exclamou Scrooge, rindo e chorando ao mesmo tempo, parecendo um perfeito Laocoonte[23], envolto por suas meias. — Estou leve como uma pluma, feliz como um anjo, animado como um menino. Sinto-me tonto como um bêbado. Feliz Natal para todos! Um feliz Ano Novo para todo mundo! Urra! Iupiii! Viva!

Saltitou até a sala de estar e ali parou, completamente sem fôlego.

— Aí está a panela com o mingau! — gritou Scrooge, voltando a pular ao redor da lareira. — Aí está a porta por onde o Fantasma de Jacob Marley entrou! Lá está o canto onde sentou-se o Fantasma do Natal Presente! E ali a janela onde vi os Espíritos vagando! Está tudo bem, é tudo verdade, tudo aconteceu. Rá, rá, rá!

Na verdade, para um homem que estava enferrujado havia tantos anos, era uma risada esplêndida, uma risada gloriosa. A primeira de uma longa, longa série de gargalhadas radiantes!

— Não sei que dia do mês é hoje! — disse Scrooge. — Não sei por quanto tempo fiquei entre os Espíritos. Não sei de nada. Sou praticamente um bebê. Mas não faz mal. Pouco importa. Prefiro ser um bebê. Urra! Iupiii! Viva!

Não conseguiu conter seu êxtase quando ouviu o mais

---

23 Laocoonte, na mitologia grega, era um sacerdote de Apolo que, contra sua vontade, casou-se e teve dois filhos. Por isso, Apolo enviou duas serpentes para matá-lo, juntamente com seus descendentes. As imagens mais conhecidas de Laocoonte mostram-no contorcido, envolvido pelas serpentes, às quais o autor faz alusão. (N. do T.)

maravilhoso repicar dos sinos que já ouvira. Blim, blém, blom; dim, dim, dom. Dim, dom, dim; blém, blim, blom! Ah, que glorioso, que glorioso!

Correndo para a janela, abriu-a e colocou a cabeça para fora. Nada de névoa, nada de neblina; fazia um dia claro, luminoso, alegre, estimulante e frio; um frio que entrava no sangue, fazendo-o agitar-se; um sol dourado; um céu divino; o ar fresco e agradável; os sinos animados. Ah, que glorioso, que glorioso!

— Que dia é hoje? — gritou Scrooge para um menino que passava lá embaixo, vestido com suas roupas de domingo, que talvez tivesse parado só para vê-lo.

— Como? — indagou o menino, o mais espantado possível.

— Que dia é hoje, meu caro amigo? — disse Scrooge.

— Hoje? — respondeu o menino. — Oras, é o dia de Natal!

— Hoje é Natal! — disse Scrooge para si mesmo. — Então não perdi o Natal. Os Fantasmas fizeram todo o seu trabalho em uma única noite. Eles são capazes de fazer qualquer coisa. Claro que são. Claro que são. Ei, meu caro amigo!

— Sim? — respondeu o menino.

— Você conhece a avícola da esquina, a duas quadras daqui? — Scrooge perguntou.

— Acho que sim — retrucou o rapaz.

— Que menino inteligente! — disse Scrooge. — Um menino notável! Você sabe se eles venderam aquele excelente peru que estava pendurado na vitrine? Não aquele pequeno, o grande.

— Qual, aquele do meu tamanho? — disse o menino.

— Que menino encantador! — disse Scrooge. — É um prazer falar com você. Sim, meu camarada!

— Continua pendurado no mesmo lugar — respondeu o menino.

— Ah, é? — disse Scrooge. — Então vá lá comprá-lo.

— Está de brincadeira? — exclamou o menino.

— Não, não — disse Scrooge —, estou falando sério. Vá comprá-lo e peça que o tragam aqui, que vou dar-lhes o endereço onde deverá ser entregue. Volte junto com o entregador e eu lhe darei um xelim. Volte em menos de cinco minutos que lhe darei meia coroa!

O menino saiu correndo como uma bala de revólver. Qualquer um que conseguisse disparar um tiro com metade de sua velocidade, já poderia se considerar um exímio atirador.

— Vou mandá-lo para a casa de Bob Cratchit! — sussurrou Scrooge, esfregando as mãos e soltando uma risada. — Ele nunca saberá quem o enviou. Tem o dobro do tamanho do pequeno Tim. Nem sequer Joe Miller[24] teria feito uma brincadeira tão boa quanto essa!

A mão com que escreveu o endereço não estava muito firme, mas ele deu um jeito de escrevê-lo, descendo então as escadas até a porta da rua, pronto para a chegada do entregador. Enquanto aguardava, seus olhos avistaram a aldrava da porta.

— Vou adorá-la enquanto viver! — exclamou Scrooge,

---

24 Joe Miller (1684-1738) era um comediante inglês, conhecido por suas piadas de costumes. (N. do T.)

acariciando-a com a mão. — Mal prestava atenção nela antes. Que expressão mais digna ela tem! É uma aldrava maravilhosa! Ah, aí vem o peru! Olá! Opa! Como está você? Feliz Natal! Isso sim era um peru! Provavelmente, essa ave mal conseguia ficar em pé. Suas pernas teriam quebrado em menos de um minuto, como dois lacres de cera.

— Ora, é impossível carregá-lo até Camden Town — disse Scrooge. — É melhor chamar um táxi.

A risada que acompanhou sua fala, a risada com que pagou pelo peru, a risada com que pagou pelo táxi e a risada com que deu a gorjeta ao menino só foram menores que a risada com que, mais uma vez, sentou-se ofegante em sua cadeira, risada que se manteve até que as lágrimas começaram a escorrer pelo seu rosto.

Barbear-se não foi uma tarefa fácil, pois suas mãos continuavam a tremer muito, e barbear-se requer atenção, mesmo quando você não está dançando ao fazê-lo. Mas, mesmo que Scrooge tivesse cortado fora a ponta do nariz, teria colocado um esparadrapo sobre a ferida e continuaria muito contente.

Vestiu-se "com sua melhor roupa" e finalmente foi para a rua. Nesse momento, as pessoas começavam a sair de suas casas, como ele as tinha visto com o Fantasma do Natal Presente; andando com as mãos para trás, Scrooge olhava para cada uma delas com um sorriso feliz no rosto. Ele parecia tão irresistivelmente simpático, para dizer o mínimo, que três ou quatro sujeitos bem-humorados cumprimentaram-lhe: "Bom dia! Um feliz Natal para o senhor!" E, mais tarde, Scrooge relatou inúmeras vezes que aqueles foram os sons mais joviais que passaram por seus ouvidos.

Não tinha ido muito longe quando percebeu vindo em sua direção o cavalheiro corpulento que entrara em seu escritório no dia anterior, e dissera: "Essa é a firma Scrooge & Marley, eu presumo". Sentiu um aperto no coração ao pensar na reação que o cavalheiro teria quando o visse novamente; mas, agora, ele sabia que caminho dar à conversa, e fez questão de trilhá-lo.

— Meu caro senhor — disse Scrooge, apertando o passo e tomando ambas as mãos do cavalheiro —, como está? Espero que tenha tido sorte ontem. Foi muito gentil de sua parte dar-se a todo esse trabalho. Um feliz Natal para o senhor!

— Sr. Scrooge?

— Sim — disse Scrooge. — Esse é o meu nome e receio que ele não lhe seja muito agradável. Peço-lhe que aceite minhas desculpas. E, se tiver a bondade... - e Scrooge sussurrou algo no seu ouvido.

— Deus seja louvado! — exclamou o cavalheiro, como se o ar lhe faltasse. — Meu caro Sr. Scrooge, está falando sério?

— Sim, senhor — disse Scrooge. — Nem um tostão a menos. Incluídas no valor estão algumas doações atrasadas, asseguro-lhe. O senhor me faria o favor de aceitar?

— Meu caro senhor — disse o outro, apertando-lhe a mão. — Nem sei o que dizer diante de tanta generosi...

— Não diga nada, por favor — retrucou Scrooge. — Venha me ver. Posso contar com sua visita?

— Certamente! — exclamou o velho cavalheiro. E era certo que falava com sinceridade.

— Muito obrigado — disse Scrooge. — Sou muito grato ao senhor. Agradeço-lhe imensamente. Que Deus o abençoe!

Passou pela igreja, caminhou pelas ruas, observou as pessoas apressadas de um lado para o outro, acariciou a cabeça das crianças, conversou com mendigos, espreitou a cozinha das casas, espiou pelas janelas, e descobriu que tudo aquilo lhe dava um imenso prazer. Nunca sonhara que uma simples caminhada – que nada, na verdade – pudesse lhe proporcionar tanta felicidade. E, chegada a tarde, dirigiu-se para a casa do sobrinho.

Passou pela porta uma dúzia de vezes antes de criar coragem para bater na porta. Mas, finalmente, decidiu-se:

— Seu patrão está em casa, minha querida? — disse Scrooge para a menina que o atendeu. "Que menina agradável! Muito agradável."

— Sim, senhor.

— Onde está ele, minha cara? — perguntou Scrooge.

— Ele está na sala de jantar, meu senhor, junto com a patroa. Vou levá-lo até lá em cima, se quiser me acompanhar.

— Muito obrigado. Ele me conhece — disse Scrooge, com sua mão na maçaneta da sala de jantar. — Pode deixar que vou sozinho, minha querida.

Virou a maçaneta devagar e passou a cabeça pela porta. Estavam entretidos examinando a mesa (que estava arrumada com primor), pois esses jovens anfitriões sempre ficam nervosos antes de uma festa e conferem se está tudo de acordo.

— Fred! — disse Scrooge.

Por Deus, como sua sobrinha por casamento se assustou! Por um instante, Scrooge havia esquecido de sua presença, sentada a um canto com os pés apoiados em um banquinho, caso contrário não a teria assustado daquele jeito.

— Ora essa, valha-me Deus! — exclamou Fred. — Quem está aí?

— Sou eu. Seu tio Scrooge! Vim para o jantar. Tenho sua permissão para entrar, Fred?

Permissão? Por um milagre, ele não lhe arrancou o braço fora, de tão feliz que o cumprimentou. Em cinco minutos, Scrooge sentiu-se em casa. Nenhuma acolhida poderia ser mais afetuosa. Sua sobrinha recebeu-o com a mesma amabilidade. Assim como Topper, quando chegou. E sua irmã cheinha. E todos os outros convidados. Foi uma festa maravilhosa, com brincadeiras maravilhosas, tudo realmente maravilhoso, uma harmonia só!

No dia seguinte, no entanto, ele chegou cedo ao escritório. Ah, ele chegou realmente muito cedo. Pois ele queria chegar primeiro e surpreender Bob atrasado! Eram esses seus planos.

E ele estava atrasado; sim, estava! O relógio bateu nove horas. E nada de Bob. Nove e quinze. Nada de Bob. Ele chegou atrasado dezoito minutos e meio. Scrooge estava sentado com a porta escancarada para poder vê-lo entrar no seu aquário.

Ele havia retirado seu chapéu e a manta antes de entrar. Em um instante, já estava sentado em seu banquinho, rabiscando a todo vapor, como se tentasse recuperar o atraso.

— Olá! — grunhiu Scrooge, com a voz costumeira, ou o mais próximo que conseguiu imitá-la. — E isso lá são horas de chegar?

— Sinto muitíssimo, meu senhor — disse Bob. — Estou um pouco atrasado.

— Ah, está atrasado? — repetiu Scrooge. — Sim. Acredito que esteja mesmo. Venha até aqui, por favor.

— É apenas uma vez no ano, meu senhor — suplicou Bob, surgindo do seu aquário. — Isso não se repetirá. Ontem à noite foi muito animado, meu senhor.

— Vou lhe dizer uma coisa, meu amigo — disse Scrooge. — Não vou mais tolerar esse tipo de atitude. E, por isso — continuou ele, saltando de sua cadeira e cutucando o colete de Bob com tamanha força que ele foi levado de volta ao seu aquário —, e, por isso, vou aumentar o seu salário!

Bob começou a estremecer e aproximou-se de sua régua. Por um instante, pensou em derrubar Scrooge com ela, detendo-o, e chamar alguém no pátio para ajudá-lo a meter o velho em uma camisa de força.

— Um feliz Natal, Bob! — disse Scrooge, dando-lhe um tapinha nas costas, com tamanha sinceridade que seria impossível não acreditar em suas palavras. — Um Natal mais feliz, Bob, meu bom amigo, do que todos os outros que já lhe desejei por muitos anos! Vou dar-lhe um aumento e vou me empenhar para auxiliar sua esforçada família, e discutiremos sua situação nesta mesma tarde, tomando uma bela e festiva caneca de vinho quente, Bob! Acenda o fogo e vá comprar outro balde de carvão antes de fazer qualquer outra coisa, Bob Cratchit!

Scrooge cumpriu sua promessa. E não só fez tudo que prometera, mas muito, muito mais; e tornou-se um segundo pai para o pequeno Tim, que não morreu. Tornou-se o melhor amigo, melhor patrão e melhor homem que a boa e velha cidade havia conhecido, ou que qualquer outra boa e velha cidade, vila ou bairro, no bom e velho mundo, poderia conhecer. Muita gente riu-se de sua mudança, mas ele não se importou nem um pouco, pois se tornara sábio o bastante para saber que nada de bom acontecia nesse mundo sem que algumas pessoas encontrassem ali motivo para zombaria; preferia até vê-las com os olhos enrugados por seus risos debochados, do que mostrando suas mazelas de formas menos atraentes. Seu próprio coração sorria, e isso lhe era suficiente.

Ele nunca mais encontrou Espíritos, mas, desde aquele dia, vivia de acordo com o Princípio da Completa Generosidade; e todos concordavam que ele sabia, como nenhum outro homem, celebrar o Natal e manter seu espírito vivo. Que o mesmo possa ser dito de cada um de nós! E, como disse o pequeno Tim, que Deus nos abençoe a todos!

Impressão e Acabamento
Gráfica Oceano